红花地之守御

民国海派文化经典 · 丘东平

Classics *of* Shanghai Culture

丘东平 著

图书在版编目（CIP）数据

红花地之守御 / 丘东平著．—上海：上海科学技术文献出版社，2018
（民国海派文化经典）
ISBN 978-7-5439-7712-9

Ⅰ．①红… Ⅱ．①丘… Ⅲ．①长篇小说—中国—现代 Ⅳ．①I246.5

中国版本图书馆 CIP 数据核字（2018）第 162594 号

选题策划：张　树
责任编辑：贾素慧
封面设计：周　婧

红花地之守御
HONGHUADI ZHI SHOUYU
丘东平　著
出版发行：上海科学技术文献出版社
地　　址：上海市长乐路 746 号
邮政编码：200040
经　　销：全国新华书店
印　　刷：常熟市人民印刷有限公司
开　　本：850×1168　1/32
印　　张：8.5
版　　次：2018 年 9 月第 1 版　2018 年 9 月第 1 次印刷
书　　号：ISBN 978-7-5439-7712-9
定　　价：80.00 元
http://www.sstlp.com

出版說明

經典文化，歷久不衰的典範之作。民国海派經典文化書系輯錄中國二十世紀二三十年代的經典著作二十七種，内容涉及詩歌、散文、小說等，如戴望舒《望舒草》《我底記憶》、邵洵美《詩二十五首》《天堂與五月》、陳夢家《夢家詩集》《鐵馬集》、劉大白《秋之淚》、周瘦鵑《紫羅蘭集》、章衣萍《寄兒童們》《隨筆三種》、郁達夫《屐痕處處》《春風沉醉的晚上》、穆時英《南北極》《白金的女體塑像》《交流》、丘東平《紅花地之守禦》、蔣光慈《衝出雲圍的月亮》等，都是具有典範性的傳世佳作。

中國文化，源遠流長。晚近以來，中西文化激蕩，上海是融匯中外文明的樞紐，民國時期大批文化精英彙聚滬上，中西合璧、古今交融，孕育了獨具特色、海納百川的海派文化，留下了豐厚的文化遺產。

民國海派文化經典書系，以館藏民國珍本原版影印，精裝製作，益于讀者閱讀賞析、研究皮藏。此叢書以更加普及的方式便於讀者重溫經典，使一批市面難覓之珍貴刊本進入了普通大眾的視野。

我們致力於優秀文化的發展傳承，出版事業，精益求精，永無止境。我們期待廣大讀者不吝指教，提出寶貴意見，從而更好地滿足讀者的需求，更好地為讀者服務。

編者

二〇一八年七月

每月文藝叢刊

長夏城之戰

東平著

上海一般書店發行

中華民國二十六年六月

目錄

多嘴的賽娥

賽娥出世的時候，那將一切故舊的經驗都神聖化了的催產婆，把耳朵里的痛苦的呻吟聲擱在一邊，冷靜地吩咐着，

「尾審仔，來啦！……」

同時，一條指頭指着那土竈旁邊的小鐵鏟，眼睛睞了睞，用一種特有的符號發着命令。

尾審仔拿着小鐵鏟到屋子背後去了㊀。回來的時候，賽娥那不幸的嬰孩帶着巨深的憂鬱怪聲地啼哭着。

催產婆突然醜野地笑了。

㊀鄉間的慣俗，一種催胎的迷信方法。

「菩薩保佑，這是個牛古兒㊁呀！」

賽娥的母親聽了，幾乎要跳將起來 伊用骯髒的指頭拼命地揉着那濕着淚水的眼睛。

「我喜歡了！眞的呵，我這一次決不會受騙了，尾審仔！……」

接着是那催產婆的名字，還有其他（凡是伊所認識的人）的名字都給虔敬地，懇切地呼叫着。——菩薩的名字倒給遺漏了。

但是賽娥的母親不能不受騙。

賽娥是一個女的，這半點也沒有變，和伊以前兩位姊姊一樣是女的。

伊的母親把伊丟在村東的大路邊的灌木叢下，讓一個乞食的老太婆拾了去。

賽娥慢慢兒長大了，而且出嫁。大概是做了人家的童養媳吧，但是誰也不知道伊的事。

㊁ 男孩子的別稱。

母親負着重重的罪責，——有機會的時候就打聽着。只有一點消息是一個小銅匠所帶來的。

那小銅匠每天從梅冷城出發到鄉下來，到處的擺設着小小的工場。——他聳着那高高的肩甲骨，在大姆指和食指之間拚命地賣氣力，一把銼子像七月的龍眼雞㊂一樣，加略加略的叫着。那轉動着的石輪子在光綫稍爲平淡的地方發射着星星的火燄。

對於賽娥的母親的探問，他向來沒有回答什麼，反而時時的盤詰着，而賽娥的母親却只管對他點頭稱是。賽娥的消息幾乎是從那小銅匠的盤詰中再從母親那邊得到回答，然後才一點一點地受到了證實的

×

有一天，賽娥拿着小木桶走出門口，恰好

㊂ 一種躲藏在龍眼樹上的昆虫，美麗，叫得很响。

里經過，有一個兵士擡着一條從屍體上割下來遊行示衆的大腿，伊清楚地瞧見着。

伊嚇得跑了回來，——有一個裝麥糟料的小砵子放在門閾上，賽娥這下子變成了冒冒失失的樣子，把那小砵子一脚絆倒了，麥糟料和碎瓷片一齊飛濺着。

中午的時候，譚廣大伯伯從保衞隊部那邊回來了。有人告訴他關於賽娥的事。

譚廣大伯伯把一頂保衞隊的軍帽子掛在壁釘上，然後，他捲着袖口叫賽娥來到面前，爽快地臭打了伊一頓，像在盆子里洗手一樣。

經過了這件事，賽娥再又在什麼地方瞧見了許多被殺的屍體。特別在市門口的石橋上，有一具屍體是給剖開了胸腔的，在橋頭的石柱上高貼着的佈告叱咤着說，什麼人從這里經過，一定要用脚去踏一踏（那屍體），賽娥也跟着用脚去踏過了。

但是一個晚上，正在用晚飯的時候，賽娥的筷子在菜湯里撈起了一片切得很薄的蘿蔔，心里突然想起了有一次，伊在保衞隊部的門口經過，瞧見那簷角下懸掛着示衆的兩片血淋淋的耳朵，不行，喉嚨里作怪了，哇的一聲把剛才裝在肚皮里的東西一齊嘔吐出來，噴在桌子上。

賽娥的焦紅色的頭髮給揪住了，——

這其間，小銅匠因爲住在隔鄰的關係，不時的聽見賽娥在沒命的哭喊着。

那小銅匠是奇異的，他知道凡是小孩子都有一點壞處。

他在巷子里瞧見了賽娥。

是呵，賽娥，你說什麼人要打你，——爲什麼？——你一定多嘴㊃的，我頂怕小孩子多嘴，我要打多嘴的小孩子，——不要多嘴呵，唉，我瞧見許多小孩子都是多嘴的，像木樁那樣有缺點的小孩子幾乎到處都是，他多嘴啦，他什麼都愛

㊃ 愛說話或亂說話。

說，而且不曾重年紀，是嗎，賽娥，你一定也是的呀，——

他只管獨自個喃喃的說着，彷彿在白天里見鬼。

賽娥停了哭，給小銅匠帶到一個食物攤上去吃了一點東西。但是伊簡直做了一回把自己出賣的勾當；小銅匠的慈藹的態度叫伊深深地感動了，對於那隨意加上的罪名決不會有所辯白。

× × ×

那小銅匠依照着自己所斷定的對賽娥的母親說了。

賽娥的母親雖然聽到賽娥常常挨打，但是伊決不憐憫。因為賽娥多嘴呵！

賽娥終於從譚廣大伯伯的家里給趕走了，逃回了母親的家里。

母親是決不憐憫這樣沒出息的孩子的。

況兼伊又躁急又忙碌。伊必須和別的人們一齊去幹那許許多多的重要的事。

晚上，村子里的人們有一個重要的集會。賽娥沒有得到許可，偷偷地跟着母親走到會場里去。

在一張高高的臨時擺設的桌子上面，那第一個說話的人站起來了。

「大家兄弟！」這聲音很低，輕輕地把全場的羣衆扼制着，「今天我們的村里初到了一個值得注意的人，是來自梅冷的。現在要立卽查出這個人，最好不要讓他混進我們的會場里。」

在無數騷動起來的人頭中有人高擧了一隻手。

「同志，是賽娥！是賽娥！」

這是賽娥的母親的聲音，伊伸着舌頭 像捉賊一樣帶着恐怖的痙攣在叫着。

賽娥顫抖了。接着給抓了出來。

母親像野獸一樣的暴亂地毆打伊。

當伊給趕出會場去的時候，母親在背後怪聲地號哭着，因爲有着這樣的女孩子的母親應得羞辱。

賽娥的受檢舉是出於另外的一種意義，但是伊本身就有壞處。伊多嘴。雖然這只有伊的母親自己一個人知道——另一個人是小銅匠，小銅匠的腦子被賦予了特殊的感覺，他知道凡是小孩子都有一種壞處。

「——是呵，賽娥，你說什麼人要打你，——為什麼？……像木桂那樣有缺點的小孩子幾乎到處都是，他多嘴啦，他什麼都愛說，而且不尊重年紀，是嗎，賽娥，你一定也是的呀！」

是呵，這是小銅匠自己造的謠！

× × ×

賽娥在田徑上走着，又悲哀又惱怒。

伊在草叢里趕出了一隻小青蛙，立刻把它殺了，殘暴地切齒着，簡直要吃掉了它一樣。

接着，有一羣拖着沈重的屁股的天鵝給惡狠狠地趕到池塘那邊去。

賽娥一面發洩着心裏的憤恨一面偷偷的哭着。

在那高高的石橋上，伊瞧見了小銅匠。

小銅匠從這個村子到那個村子的搬運着他的活動的小工場，勞頓地喘息着。他歇了擔子，在一束葫蘆草的上面坐下來，那有着特殊功能的大姆指和食指像鐵鉗兒一樣鉗着自己的兩頰，兩頰給鉗得深深的凹陷着，

他對着賽娥招手，使喚伊幫着拔去了褲上的草蝦㊄。

賽娥蹲在小銅匠的脚邊拔草蝦。小銅匠的眼睛對着遠遠的淺藍色的山張起了長距離的視綫，——冷靜，悠然，不被騷擾。賽娥對小銅匠的灰黃色的難看的面孔起着另外的有益於自己的思索的感動。

一會兒，小銅匠搬運着小工場走了。突然又停了下來，對着賽娥招手。

當賽娥走來的時候，他的嘴里有一條長長的紅脚草在嚼着，作着對什麼加以

㊄ 一種愛粘在行人的褲上的草子。

調解或控制的工夫。但是他決定了。他把賽娥帶到棱飛岩婦女部那邊去。

「這個女孩子是有缺點的，伊多嘴，但是你們好好的加以教練吧！」

小銅匠說着，又搬運着小工場到別處去。

賽娥馴服，靜默，沒有反駁。直到伊幹起了一件差事。

× × ×

冬天，賽娥在一個村子里見了總書記林江。

伊稍微的曲着背脊，嘴里呼着白色的汽體，間或望着窗外的渺無邊際的雪，靜默地聽着林江的吩咐——而林江這時正被一種不能滲透的迷惑所苦惱，他鬆弛下來，嘴里說着的話好比一張紙，上面寫着的字一遇到錯誤就立即加以修改，甚至一手把它撕碎，間或又短短地歎息着，把嘴里的白色汽體噴在賽娥的臉上；賽娥更加靜默了，伊凝視着林江的一點也不矜持，不矯裝的奇異的長臉孔，像一隻在馬的面前靜心地考察着而忘記了啄食的雞一樣。

賽娥娥出發了。伊的任務，要通過梅冷和海隆的交界處的敵軍的哨綫，到達龍津河的岸畔，去打發當地的×軍怎樣和從別方面運來的軍火的輸送者取得聯絡的事。

雪下得更大了，天空和地皮像戲子一樣塗着奸狡的大白面，賽娥走得很慢，——伊的黑灰色的影子幾乎總是和那小村莊保持着固定的距離。不過一隻眼的工夫，賽娥的影子在雪的地平線上遠下去了，變成了一個小黑點在雪地里蠕蠕地作着最困苦的移動，像一隻誤入了濕地的螞蟻一樣。

下午，賽娥到達了另外的一個神秘的村子， 梭飛岩的工作人員的活動，和從梅冷方面開出的保衛隊的巡邏，這兩種不同的勢力的混合，像拙劣的油漆匠所愛用的由淺入深，或者由深出淺，那麼又平淡又卑俗的彩色一樣，不鮮明，糊塗而且混蛋……這樣的一個村子。但是從梅冷到海隆，或者從海隆到梅冷的各式各樣的通訊員們却把他當作誰都有份的婊子一樣，深深地寵愛着，珍貴着，而且婊子，伊利用伊的特有的色彩，把那一個對手好好地打發走了之後，隨即接上了這一個性質完全相反的對手，依然是那麼溫暖，那麼熱熾；對於戰鬥，伊是一塊蓬鬆的棉花，這棉花的功能，要使從天空里掉下來的爆彈也得到不炸裂的保證。

賽娥現在受着一位神經質的老太婆所招待，這老太婆正患着激烈的失眠症，伊用水烟筒吃烟，教賽娥喝酒，又恬靜地，柔和地，用着對每一個「過往人」都普遍地分給齊全了的——然而並不如母性的潔淨的情分，對賽娥的家境，賽娥的一切都加以詢問，而當這詢問還沒有得到回答的時候，伊就已經滿足了，點點頭，噴去了水烟筒上的火末，這當兒，伊的眼睛還有一點青春的火，却少少地，像一支火柴的硝藥的炸裂一樣，飄忽地閃一閃就失去了，於是學着悲觀者的消沉的歎息，轉變了語氣，對賽娥作着更深刻的詢問。

伊燒了一點茶給賽娥吃，又分給了賽娥兩塊麻餅。賽娥正式地受了愛撫，顯得特別的美麗而且高大。伊說着一個少年戰士如何倔強地戰死的故事，怎樣他的槍壞了，從什麼人的手上奪來的槍，配着又從什麼人的手上奪來的不合度數的子彈，怎樣在同一個時候里不知發生了多少故障，……

「槍壞了，就要退下來才好了，要把那壞的槍修整一下，也是回到×會所里靜下來閒着的時候做的事，但是他不退——」伊的眼睛明亮地閃耀着，駕御着伊的故事從一個高點駛進那悲慘的深谷里去；「他拿着一塊石頭，敲着槍桿上的螺絲釘，——而他蹲着的那地方，正是敵人集中着火力衝鋒的最要緊的第一綫，有三個敵人在同一個時候里扣着槍上的扳機一齊的對他瞄準，這却是他所不知道的……」

賽娥的聲音有時很高，遇到窗外有什麼人走過的時候就吐了一下舌頭，却一點也不嚴重，接着激烈地把身子捲旋了好幾週，像跳舞一樣。

現在，那老太婆送賽娥出去了。

賽娥離開那溫暖的村子，繼續滾入那雪堆里去。

但是在賽娥的對面，有一隊保衛隊正沿着賽娥所走的路，對賽娥這邊開來。老太婆要隔着那麽遠的地方叫伊，對伊重新地加以吩咐，好幾個手勢都預備好了，——但是賽娥大膽得很，伊絕不回轉頭來望一望。保衛隊和賽娥迎面相碰了，他們抓住了伊，檢查伊的頭髮和口袋。最後是什麽也沒有的走了，臨走的時候却又把賽娥一脚踢倒。賽娥滾進那路邊的乾涸了的坭溝里去。

老太婆站立在一幅石灰町邊旁的竹林子下，眼看着賽娥從一個患難中跳過了第二個患難，那將各個手勢都預備好的手沒有動過一動，却痙攣地交絆在背後，嘴里喃喃的說着，

「喂，賽娥，你怎麽不爬起來呀！他們走得很遠了，他們之中沒有一個知道你是替×軍帶消息的，因爲你是一個誰都不注意的小孩子呢！……」

但是，那老太婆的失眠症太激烈了，——伊的背後有兩個保衛隊在站着，他們是剛剛從村子的背後繞過了來的，從伊的嘴里，他們把賽娥識破了。

賽娥，伊就是這樣的被抓在保衛隊的手上的，——而伊在最後的一刻就表明了：伊堅決地閉着嘴，直到被處决之後，還不曾毀掉了伊身上所攜帶的秘密。

一個小孩的教養

永眞的父親都猴友，和馬福蘭全境所有的村民一樣，一面種田一面結草鞋[一]。都猴友有着比其他的人熟練的手法，而又得到了永眞的一些零件上的幫助，他一天至少能夠出產二十雙的草鞋。馬福蘭地方出產的草鞋的堅實耐久，在某一個空間裏代替了文明國土的工廠所製作的橡皮底，爲軍隊所樂用。都猴友的草鞋，比馬福蘭全境所出產的更要堅實些。都猴友一生沒有參加過戰鬥，却在戰鬥中存有着特殊的動勞，因此，都猴友沒有例外，他的積極的行動，終於不能逃出敵對者的精警的嗅覺和視聽。

[一] 挑伕，苦力或跑長路的人所穿的一種用蔴皮和禾稈結成的鞋，同時也爲軍隊所採用。

都猴友，馬福蘭地方的一個村民，用草鞋接濟自衛軍的叛逆份子。在梅隴的保衛隊方面的秘密通緝的名單上，都猴友的名字給開列着。

有一天，梅隴的保衛隊開到馬福蘭地方來了。

馬福蘭的村民在一幅廣闊的草地上剝蔴皮，當着烈日，有許多剝好的蔴皮剛剛曬乾，就立刻給使用在結草鞋的粗劣的機械上，產生着新的富於蔴皮的香味的草鞋。對於這種職務的操作，無論老，少，男，女，一致的參與着。

向馬福蘭方面進發的保衛隊，在樹林裏隱沒，在山岡上顯現，終於驚動了那聚集在草地上的人羣。

現在，保衛隊已經對他們的目的物取得了極短的距離，而且開始跑步了。黃色的影子，夾帶着殺人的利器的光焰，在烈日下閃耀着。最後是散兵式。

馬福蘭的村民捨棄了他們的工場，像可悲的羊羣一樣，負着巨深的災禍逃命。

騷亂，顫慄，絕望的祈求，震動山谷的哭聲。

保隊衞對那四散飛奔的人羣展着巨臂，按照着戰鬥的方式，確定了對他們的目的物的絕對的包圍。

作爲這恐怖的展開的中止，保衞隊的長官用着平和無事——慣於爲人類所親近的笑臉在人羣中出現了。

——你們看，他說；保衞隊一個個的槍都是背在肩上的，他們決不對你們開槍，你們的恐慌是毫無意義的，懂嗎？

接着，他說明了保衞隊的到來，只是爲着調査戶口的一件事。

有另一個背皮包的長官跳出來了，他拿下了軍帽子，用手巾擦去了里面的水蒸汽；頭是禿的，下巴却長滿了鬍子，顯得又老實又狡猾，看來似乎是一個走紅運的驕傲的小商人。他的嘴裏哼出的聲音常常是那第一個長官的聲音的語尾，這聲音的作用，要使村民了解那軍事式的微笑的背面，正有着鐵一樣的嚴峻而無可違背的命令。

——你的姓名？

——丘媽送。

第一個被盤問的村民的名字給那背皮包的長官用鉛筆記在本子上。

——你呢？

——譚水。

照樣。

——那末，你說吧！

——高君龍。

照樣。

——靠左。隔着下一個。說！快！

——法帕卯。

照樣。

直到一百二十一個。

完了，剩下來的是一些小孩子和女人。

第一個長官開始用一種嚴峻的眼光查察着。

——你們隱匿了，馬福蘭地方還有更多的人數，但是你們秘密着，……

全部的村民互相地呆覷着。

空氣突然的緊張起來。

但是那第一個長官有着固定不變的笑臉，這笑臉正在不憚煩地指示着一種災禍向何處預謀解救的途徑。

這當兒，有一個小孩子從人羣中出現了。

這小孩子頭大，身長，背脊有點駝，臉上有着無數的赤斑，雙眼像驢子一樣對不可知的一切發問着。但是他是鎮靜的；他有着元始的以毫無警覺的官能去親近仇敵的絕對的忠誠和善意。

——還有一個，那便是我的爸爸都猴——

都猴友的兒子永眞說出了，有無數隻睜得圓而且大的眼睛對他凝視着。

永眞現在有一種神秘的變態的義勇的衝動，對於那長官的再次的盤問，他直言不諱的作着如次的囘答，——

都猴友今日運貨物到黃沙方面去了，他很忙碌，並且愛用黃沙地方出產的菸草，還有，他囘來的路上有一個專門讓行人歇息的茶亭，……

——那茶亭距離這裏很遠的吧？

——不，永眞喜意着自己所敘述的話有了段落，一隻手向北指着；這邊，過了一條獨板的石橋，有一幅旱園子是種甘蔗的，再轉一個彎，那里——

兩個長官的直豎着的耳朵正確可靠地在聽取著，那微笑的面孔像複雜難懂的機械，盡着微妙的功能，駕御永眞的供辭向更重要的方面發露着——

得了！

他們和永眞分別的時候，遠遠地還揚着手，對永眞嘉讚着。

永眞糊亂地呆站着，有一個人用嘴巴附着他的耳朵低聲地說，

——你錯了。你不能把你的父親的行徑那麼愚蠢地就告訴了他們……

× × ×

現在要看永眞如何掙扎他的痛苦的生命了。

永眞像凶狠的貓頭鷹般的蹲在一個三角石的上面，雙眼向着天空裏最遠最深的地方直射着。

永眞的痛苦是無可比擬的，他懺悔的儀式履行在恰恰逼臨着絕滅的一瞬間。

在這里，沒有一個人會給與永眞一點的幫助，保衛隊臨走的時候曾經對全部的村民警告着，

——在我們離開這裏以後三個鐘頭的時間內，你們必須回家裏去躱着，不能

走出門口一步。

永眞的忿恨把這警告粉碎了，他熟悉着馬福蘭地方的最偏僻最直捷的路徑，他沿着一摩乾涸了的山溪的沙壩，利用着低凹的地形迅急飛跑，身邊鼓起了雲霧，風在耳朵裏呼呼的叫着，遇着高而顯露的地方時，他臥倒了，作着蛇的樣子前進，好幾次他像田鼠一樣躲在路邊的亂草叢裏，聽着在附近經過的保衞隊咳嗽，噴嚏，以及放小便等等的聲音，終於他越過了保衞隊的前頭，到了比保衞隊所到更遠的地方，然後，他在那路邊的旱園裏蹲着，作着刈草的樣子，一面用全身的力集中在眼睛上，對那路的兩端警戒着。

保衞隊必定是到那有着茶亭的地方就停止的，他放心了，只是遠遠地眺望着那路的前頭。

太陽剛剛從天空的正中向西傾斜，空氣熱得沸起了白色的泡沫，蚱蜢到處的彈動着那怪異的大腿，發出爆炸的聲音——永眞的背脊給太陽烤炙得發疼，汗水淹沒了他的頭髮，再又向頸下沖洗着，但是他一點也不覺得難過，只是對着那路的前頭眺望。路上的行人一來一往，那白色的沙土有如一條長長的蛇，牠翻着肚皮，在行人的踐踏下痛苦地捲曲着，痙攣着。

時間拖着長長的尾巴過去了，永眞那孩子背着巨深的災難站在他的父親的歸路的前頭，用發火的眼睛遠遠地指示着。他至少等過了三個鐘頭，太陽已經加强了傾斜的角度，光綫漸漸的衰褪了，周遭的小樹林裏彷彿開始有了初夏的晚涼在流盪着。永眞興奮得有如一瓶丟了塞子的酒精，强烈地蒸發着，胸腔裏開始不安地突跳起來，他甚至懷疑自己的眼睛，恐怕他的父親的影子已經很早就從他的眼底裏溜過去了。

他問了好幾個從黃沙方面回來的行人，但是太生疎了，他們連永眞的父親的面孔的輪廓還不能回答出來。

永眞的心裏焦灼地焚燒着。

他變得非常軟弱，簡直要掉下了眼淚。

——這當兒，他彷彿望見遠遠地有一個人在對他招手。他向着那對他招手的人走，……那是永眞的父親的朋友，一個忠實的鄰人。

他告訴了永眞：永眞的父親都猴友的可悲的凶訊。

都猴友，一如以上所述的情形，在他的無致養的兒子永眞的蠢笨中送了命。

他躺在那茶亭的邊旁，無可挽救地給粉碎了尸體。

——然而，這就是無教養中的致養詞！

紅花地之守禦

我們底隊伍有一個奇特的標幟，就是，我們每一個人底背上都揹着江平喀籍的居民所特有的箬帽，這箬帽，頭是尖的，有着一條大而牢固的邊，上面是一重薄而黃色的油紙，寫着四個字，「銀合金記」，我底朋友們也戴這樣的箬帽，並且也在上面寫着四個字，什麽「浪合諸記」，「補合凍記」之類，大概都是自己安的番號，冠首的兩個字還沒有什麽，所覺得珍貴的是那「合」和「記」兩個字，幾乎無論怎樣都不能把它們拋掉，——江平喀籍的居民平常安的是短帶子，短帶子只適合於把箬帽戴在頭上而已，我們還得把這短帶子改造一下，安成長帶子，不戴的時候可以在背上揹，這是從軍隊裏傳染到的氣習，我們，幾乎每一個都覺得非把箬帽揹在背上不可，頭上呢，有日的時候讓日晒，下雨的時候讓雨淋，都沒有什麼關係，大概是我們現在都自以爲已經變成軍隊了的緣故吧！我們都很年輕，而且一大半脫離學校生活的日子還不久，大家都有點孩子氣，愛學人家的一點皮毛上的東西，而況我們向來對於一切工作所取的態度正也是這樣：雖然一面是嚴肅地並且幾乎是機械地在功利上講究效率，別一面，却像小孩子戲玩似的，樣樣都覺得很有趣，很生動，因爲這戰鬥無論怎樣野蠻，殘酷，對於我們，却都有着更深一層的把捉，我們竟能在這野蠻殘酷的裏面去尋出饒有趣味的消遣，從戰鬥的本身就感受到一種剛强的美，沈毅的美！……

楊望所帶底箬帽是新的，安着綠色的長帶子，那上面所寫的四個字是「貓合狗記」，他底結實而堅硬的脚穿着「千里馬」㊀，「千里馬」的帶子也是鮮艷的綠色，就連安在墨水筆上底一條小繩子也是綠的。墨水筆上安着繩子，好教在夜行或跑步的時候不會把墨水筆丟掉，本來是爲着實用，慢慢的也就成爲一種時髦

㊀用樹膠製成的特別牢固的草鞋。

的氣習了，至於爲什麼一定要是綠色，那可並不是他自己底嗜好，當然，綠色在鮮艷的一點上，和楊望總指揮老大哥底粗野而壯健的格調就已經太不相稱了，——但是他管不了這些，他忙得很，在這些日子中，從他一身所發洩底精力是强勁而有近於暴戾的，雖然有時候，他底沈着和精密，可以使一件嚴重的事也化爲一種輕快的笑談，……並且，憑着少年人底充溢而奔放的閒情，他可以有一種異乎別人的嗜好，這不單指的是所用底帶子一定要是綠色，就是別的也一樣，例如，儘管手裏底槍桿子在緊執着，而嘴裏却還老是哼着對田畦上的少女們施行引誘底情歌，或者，如一般的朋友們所最易染到底氣習，木棍般的黑色而粗糙的脚也穿起最漂亮的緋紅色的襪子來了，諸如此類，……但是，對於楊望總指揮老大哥，可不要寃枉他吧，他連對自己底笠帽上的帶子看一看，鑑別它是紅是綠的時間都沒有！——而況這笠帽又是別人給他的，他底身上幾乎沒有一件是通過自己的嗜好，用自己的錢去購買得來的物品，他穿着一件黑灰色而有着極難看的黃色花紋的短衫，據說這短衫是在廣州的時候，一個莫明其妙的車仔佬朋友給他的，而他底褲却是有點怪異了，那是一件十足的日本貨，赭褐色，有着鮮黃色的幼小的條紋，條紋的上面起閃閃發亮的茸毛，這些亂七八糟的顏色塗在一個總指揮底身上，多少要使他變成一個戲子，在動作上顯得矯揉造作起來的吧， 這又越說越和他底性格離得遠了，……

從這一次戰役中發生了底特殊事件所昭示，楊望，這總指揮老大哥底鋼般堅硬的格調是造成了！ 這之前，我從他底身上所得的印象還是有點什亂，他從廣州回來的時候，背上揹着的是正規的隊伍所用底銅鼓帽，穿着藍布衣服，很髒，赤足，腰邊歪歪地揹着一個黃色皮袋，面孔是比現在還要黑，頭髮的蕪長和什亂還是一個樣，不過那嚴厲而沈鬱的神情比現在還要老一點，我們第三區梅隴市有一個類似鄉差的替人派信的人物，那樣子是和他相肖極了，並且連他睜圓着長睫毛的大眼，獰惡地笑了起來的表情也很相肖，他說話的時候，曲着五指，像抓住了一件什麽，眼睛向前面直射，牢固的雙顎互相地作着有力的磨動，磨動得很痛苦，以至嘶嘶地噴着口沫，——那一次，他底樣子有點鹵莽，一逕衝入我們底「俱樂部」來，也不按門鈴；那時我在這「俱樂部」裏當着秘書長的職務，我是有權力阻止他的，但是他抗拒了，彷彿他是百年來長居在此間的老主人，而我不過是一個新近才被僱佣的僕役一樣，我不認識這個人就是我們底老大哥楊望，而他在廣州的××情報「先鋒」上面每次發表底文章，却已經讀過不少了，……他曾經請我和女朋友慧端去茶館裏喝茶，他說他身上有八個大洋，在茶館裏談起了一些有趣的事，竟至露出了他底一排整齊得，潔白得類似女人的牙齒，哈哈地大笑起來，一隻手把他底皮袋揉動得吱啁吱啁的響，這吱啁吱啁的響聲非常新穎，好幾次使我們停止了對其他一切的注意，立意地去尋究這響聲發出的源頭，的確，他全身都發散着新的氣息，他底談話使我對於遠方從未見過的情景也開始思索和想象了。我起初是有點怕他，以後却很親近他，由怕他到親近他，我可摸不出此中的界線。有一次，我在自衛軍的總指揮部遇見他，他熱烈地接待着我；這時候恰巧他底母親來向他要錢，說自從他底父親死後（父親是眼看這兒子做出了許多殘暴的事情，恐怕將來要累及自己，所以自殺死去的），她底日子很苦。楊望在自己底袋子裏搜尋了半天，卒至把袋子搗翻了，許多碎屑發臭的東西都跌落下來，只得到一個銅板。楊望把這個銅板交給他底母親之後，揮着手叫他底母親「走！」──像我們平時對付乞丐一樣。這些事情，在我們許多朋友中都很喜歡談起，有時甚至還激起了小小的爭論，參謀團的主席董仲明就不直他底所爲，例如有一次，楊望叫他底弟弟去放哨，──他底弟弟是一個什麼都不懂。駝背，鷺鷥腳，又患着「發鷄盲」㊁的可憐蟲，那一夜恰巧是楊望自己去查步哨，那可憐蟲忘記了叫口令，楊望竟然立卽一槍把他結果了，像這樣的事，主席董仲明就譏笑他過火，或者僞造！以後，關於楊望，還有種種的謠傳，據說楊望有一次到碣

㊁ 一到晚黑就變成瞎眼的病症。

石，金廂沿海一帶的地區去解決了許多軍事上的困難問題，當地的農民竟然像信仰菩薩一樣的信仰他；「這是不吉利的現象，」那時候有人投給縣政府的匿名信是這樣寫着，「因爲，我爲什麼要那樣激烈的反對他呢？豈不是，如果長此下去，民衆底整個的信念，要轉移到個人底信仰上去了嗎？……」而總指揮楊望，他一向是這樣的樸素，他決不在口頭的聲辯上去費工夫，他着着實實的工作着，他度過了不少的難關，也爬過不少歷史的極高的頂點，他所取的全是一種闊達，高遠，俯瞰的態度，他彷彿脚上穿着厚而牢固的皮靴，不管脚底下有多少荊棘，只是向前邁步着，這在他幾乎是失却感覺而麻木了的一樣，……

但是不管怎樣，我却要重複地再說，從這次戰役中發生了的特殊事件所昭示，楊望，這總指揮老大哥底鋼般堅硬的格調是造成了！

我們，背上揹着江平略籍的君國所特有的箬帽的隊伍，在九月初旬某日的下午，乘着日將下山，暮氣籠罩的黃昏，從夏風城出發到紅花地前線去。我們沒有在公共體育場集合，——開歡送會，演說等事，一點也沒有，我們從各分隊底駐地獨自出發，分散了外間底注意力，到距縣城二十多里的雙桂山地方才作一個總的匯合。我們决意當和敵人接觸的時候作一次不怎麼認眞的輕兵戰，服裝和所帶底物品都力求簡單，一點多餘的東西都不帶；平時我們作一次示威游行就預備了一些救傷隊，現在卻什麼救傷隊都不用，工讀學校的女生幾乎全都願意在救傷隊裏服務，她們都是些體格壯健，胆略過人的女朋友，但是我們不需要，如果她們誠懇地請求着要跟我們來，我們也拒絕，我們現在最着重的是輕便，像單單只剩了兩手兩脚時的輕便，在黑夜中進軍，我們願意我們底隊伍是一條黑——和黑夜一樣，不要參進別的任何色彩，就是農民的梭標隊也不要，看來，總指揮楊望是有着這個企圖：因爲我們這新組織成的三個分隊擔任作戰還是最初第一次，總指揮楊望要給我們這新的隊伍以最乾脆的考驗，他要看清這個新隊伍的機構，如果戰鬥一旦擺在它底面前，在它上面所喚起反應是怎樣，這些，他都非從一次最單純的戰鬥中去細心地加以試練不可，其實我們夏風城的×軍都開到別地去應戰去了，如今要守禦紅花地的陣線，這職務就只好留給了我們。

在雙桂山集合的時候，總指揮楊望對我們的說話簡單得很，

——諸位，他底聲音拖制得低低地，他彷彿知道我們在初次上火線之前都有着可怕的死的凝思，以至成爲一種有力的沈醉，這樣如果他底聲音一高了起來，就要把我們從這沈醉中驚醒似的；我們底陣地在紅花地，你們知道紅花地距離縣城不過三十多里遠嗎？如果紅花地不能守，就逃回縣城去挖自己底墓穴去吧！……喂，記得嗎？在路上要靜着 連一點咳嗽也不准有！——於是揮動了他底右手：走吧！低低地叫着，他底面孔准着怒容，似乎很憂鬱，但是他平靜地說完了他底話。聲音沒有抑揚，始終不曾稍微有所激動，而他底怒容也始終沒有變改多少。

我們很靜默，不過都沒有立正，用各人自己喜歡的姿勢站立着，大家互相地

來一個壯健的微笑，有近於散懶或鬆懈的樣子。——這時候，太陽發出粗線條的光燄向我們平射着來，整個的隊伍呈着腐敗可怕的白色，總指揮楊望底黑面孔幾乎有半邊也變成白，別的人却避免了夕陽底猛射，把面孔躲在灰黯的陰影裏去。槍尾的刺刀有的有，有的沒有，很不整齊，彈藥帶有的是皮革製的，有的是藍布製的，圍在各人底背上，——此外是在胸前作着交叉的紅紅綠綠的箬帽帶子，簡單，明瞭，再沒有別的更複什的配備了，……當我們在撒滿着粗粒的砂石的小路上走着的時候，總指揮楊望默默地走在我們底前頭，他底身邊跟隨着的兩個武裝的傳令兵，自覺得很寂寞的樣子，當隊伍一彎曲的時候總是頻頻地對我們回顧着。我們整個底隊伍都很靜默，路上底砂礫在草鞋的踐踏下互相地磨動着，跳躍着，低低地發出了一片陰啞的嘈音，這嘈音並且還似乎標誌着我們底隊伍行進的速率，的確，我們底隊伍是行進得意外的急促，——夏風城底屋宇本來不成樣子，是那樣的又破爛又低矮，離開了它，就顯見得更加乾燥了，回頭一望，只有一些高低不等的樹梢在地平線上聳立着，彷彿是一座廢圩，蹤跡不明似的模糊下去了，疎遠下去了，蒼色而闊大的天，冷淡地毫無異樣地把這個給千萬人底熱血冲激着的城覆蓋着，簡直是有意拋擲了它，從而乾脆地忘掉了它似的，這個城現在却也變得很寂靜，所能望見的深藍色的樹梢，正和近邊的一些死灰色的小山阜啣接着，簡直是荒原一片。天是一陣黑似一陣，而那深藍色的樹梢，也很快地變成了一簇簇的陰影，我不曉得我們和夏風城離別的那個黃昏爲什麼是這樣的憂鬱無聲，……我們底隊伍也是這樣出奇地靜默着，——戰鬥，似乎只是可以遠遠地傳聞着而不會在自己底近邊發生的事，我們現在是親自地承受着，担當着；並且，從這裏所將要發生的一切變動，我們是親自地承受着，担當着，——就這樣，我們靜默了，我們要用這靜默來陪伴那靜默的城，來安慰那靜默的城，……

最初出現的星兒，遼遠地發射着壯健而充溢的光亮，並且默默地互相鼓湧着，激動着，發出了誓言似的，要用那光亮來延接已經過去的白晝，渡過這個夜晚，以抵達明天底晨曉，這個活躍而生動的掙扎使夜幕變改了黃昏的衰頹而流進了更深的黑暗，星兒們也因之更加鮮亮，更加企圖着把黑暗區別在光亮以外的地方，路上的白色的砂礫漸漸地在黑暗中顯現了，不過泛出了河水一樣的油光色，教我們像看見了燐火一樣的慄惕着，然而我們行進着底草鞋却還是急促地一步步踏實着它，——冰冷的夜風送來了遠近的村落底狗吠聲，這狗吠聲總是那樣的若斷若續，似乎是疑懼不定，又似乎是故意發出的訊號，這訊號彷彿要使一切秘密地行使着的暴力都失去效率，——黑夜中的樹林，貓頭鷹學着最古舊最可怖的聲音，驕倨，自大，拉長地重複地呼叫着，彷彿所有一切黑暗的勢力都被召集來了，路邊的小溝渠，爽朗地彈動着喉嚨，長遠不息地歌唱着，……

× × ×

當天色微妙地從黑暗開始慢慢地變白的當兒，我們，還不到兩百人的三個小小的分隊，就在紅花地的深邃的森林裏掩藏好了，……

紅花地是夏風城北面蓮花山麓底一幅長達五十多里的斜坡，濃密地長着由老鼠畏㊂杉木，黑山綢㊃，白土藤，有刺的麻竹等等混合而成的大森林，——我雖然在夏風這一小塊的土地上出世，是一個道地的夏風土人，但是這有名的紅花地大森林於我却還是生疏得很。這裏面，一向給夏風底鄉民認為神怪的地區，樵子和「割草婆」們底口中，關於這神怪的地區，有令人慴慄的可怖的故事在傳聞着，這些傳聞使所有的樵子和「割草婆」們都趦趄不前，致全夏風十數萬人羣把這富饒的森林拋擲不用，而他們在日常生活上所需要的燃料，木具，以及建設上所需要的木材，就只好仰給於外境，在那些不能一一命名的種類複什的樹木裏面，不曉得有多少遯伏了那可怖的傳聞底威力，和世人隔下了强固的長城，保全了幾千百年的壽命。這實在是一座森林底最古的城壘，現在，為着軍事上的需要，我們把這城堡占據了，——這裏有一條小路是夏風縣境西面一個頗重要的進

㊂㊃ 都是樹名。

入口，據確實的探報，敵人的進襲夏風，除了用他們底主力向后門，梅隴一帶推進之外，他們底別動隊正採用了這條小路，這別動隊底前頭隊伍約在這天（我們從夏風城開拔的次日）午前到達邊境，我們是這樣匆匆地，冒失地走着來了，依照一句叫喊了很久的口號，是 歡迎敵人的來臨！

朝晨的北風吹得更緊了，這古舊的大森林咻咻地呼着長氣，間或又深深地歎息着，我們——實數一共一百八十五名的隊伍，按照着複什多樣的計劃，單薄地分散在不同的地點，隨着天色漸次的明亮，我們躲避了所有顯露而易於被覺察的地方，接連變換了不少次掩藏的地點，——梅隴人高偉，莫愁，彭元岳，提勝人劉宗仁劉友達，和我，一共六個人，在一條山澗的岸邊，面對那相距有六七步左右的小石橋據守着，這山澗底兩岸，澗底 總之它全身底骨骼都是一些奇模怪樣的亂石所造成，奔瀉着的流泉，從上到下，十分地威猛而且激動，不斷地披着瀑布，飛濺着，怒噴着，廢除了所有的節拍和韻律，瘋狂地叫囂着，兩岸，在黑色的大石底邊旁，長長的紅脚草很有禮貌地，隔着那瘋狂的流水，互相地點着頭，一種不知名的深綠色的土藤，用厚而多汁的怪異的軀幹，悄悄地從石底裂縫裏爬了出來，分了支，又各自據着不同的方向出動，在石底每一突出的部份，前行的蛇似的高舉着頭，互相的窺探着，混身發散出一種强烈得幾乎令人噴嚏不止的奇臭。

水面上昇騰着白烟，彷彿那瘋狂的流水是真的在沸着。上面，森林底巨粗的木條交織着集密的檻棟，檻棟上又給枝葉舖成了極厚的屋頂，隔絕了天空，新的陽光從這屋頂底縫隙漏下來，斜斜地從這一邊射過那一邊，奄奄地變成了蛛絲一樣的嫩弱了，……

就在小石橋那邊，來了三個敵人底尖兵，——

他們，一樣高低的個子，穿着一律的黃色制服，戴着赭褐色的鋼盔，……敏捷，精警，要覺察別人，不要被別人所覺察。走起路來，像精警的野獸，可以完全聽不見脚步的聲音。正規的隊伍，受了嚴格的軍事教育，在操場上和講堂裏所學得的一切都可以搬到山林裏來應用了！瞄準，射擊，都可以依據着一定的姿勢；彈道在空氣裏所繪畫的弧形都可以分出最準確的角度來！……

但是我們却從最不易被覺察的地方在窺伺着他們，——我們看得很清楚；關望遠鏡，耳語，糊裏糊塗地皺着眉頭思索了好一會，鹵莽起來就拔足挺進的表情和動作都一無遺漏地映入了我們底眼簾，……我底胆子是壯大了起來了，不知怎樣，急於要放小便似的，混身總覺痾癢得難以忍煞，情緒已經變成了極度的暴躁和野蠻，——在這裏，我覺得除了宗教二字之外，當戰士在處理他們底獵獲品的當兒，再沒有更虔誠更果決的形容辭了，——想到敵人在臨死的千分之一秒鐘的時間以前還可以不覺察自已將至的運命，而這運命是恰好在自已底手裏掌握着，什麼是强勁，什麼是勝利的眞諦也深深地領悟了，這又是唯有戰士才能享受的幸運！……

六個人中底首領，梅隴人高偉，一個當木炭伕出身的壯健的少年人，他底圓大的眼睛，像下等動物底復眼，拚命地去凝視敵人，並且拚命地把敵人底影子擴大着；他是委實太鹵莽了；他對於這戰鬥底範圍的大小是可以說毫無計算。就是處理一件最微小的事，也不惜動員了畢生的精力，——對於他，戰鬥和世間上所有一切有趣的玩藝完全兩樣，他是徹頭徹尾地把戰鬥當作一個最殘暴，最嚴重的主題在發揮着；他對於戰鬥的兇惡，戰鬥的醜野毫無忌諱，他喜歡赤裸裸地在戰鬥底紅餤餤的光輝中濯浴着，……他底斜斜地倚靠在大石邊的上身擺動了，他在瞬息間所決定的主意，不單是他自己，而且還有我們五個人在絕對忠誠地一同執行着！這是一個奇蹟，彭元岳，莫愁，劉宗仁，劉友達和我，我們五個人在戰鬥中和我們底分隊長高偉，完全地互相配合，——高偉底左手緊緊地握住了槍桿，槍尾的白色的刺刀分外地發亮着，……

約莫過了吃一頓飯那麼久的時間，什麼都完畢了，——總指揮楊望所決定底最初施行的計劃，成功得像無意之間從路上拾得的一樣。——當然，敵人底密集隊伍這時候是可以安心放胆地向這神秘的大森林裏長驅直進了，而他們安在額上的觸角給我們悄悄地拔掉了却還是不知道！

西面，距我們這裏約莫二十里遠的地方，大森林像突然暴病了似的陰啞地深隱地叫號着，——爲老大哥楊望所直接帶領的戰士們已經把緊密的排槍放射了！

戰士們利用了複什神秘的地形，並且憑着極短的距離，他們在每一顆子彈放射之前都握有着沈着地正確的瞄準的餘裕，當每一次的猛烈的排槍放射之後，趁着敵人底隊伍狠狠地分解的當兒，他們學着敵人底兵士所能懂的方言，喊出了清晰的最高音，一繳槍！——一歡迎投降！——和敵人倉皇地還擊的什亂的槍聲交換着……這火線是從最遠的地方點燃起，隨之迅速地蔓延到近邊的地方，我們這裏要算是火線底終點，而我們六個人底排槍，也已經遠遠地和最前頭的排槍呼應起來。

我們發現了從那整列的隊伍中分解出來的一隊敵人，他們底人數約莫在三十左右，他們顯然很鎮靜，在這樣深邃的大森林裏面，東西南北的方向還能夠認清着，——但是他們一味兒只是奪路而走的企圖却被我們阻止了！在這裏，我慶幸着，我發現了高偉底戰鬥的天才，他底胆量又好，射擊又準確，他每一次從「靜」入「動」，從沈默着至揮動着臂膊奮力高呼，其中都有着很足以使我長遠地記憶着的明確的特點，而我却實在抱憾得很，我終於沒有把這些都微妙地加以彫塑的能力，總之，他作爲一個戰士底威武是淋漓盡致地表現了，——他在敵人底面前最先出現，他奔向敵人的時候，上身總是過分地向前面突進着，而他使用刺刀的姿勢，我現在才明白，他底父親在他們的村落中是一個有名的拳師，無怪他向來就鄙視着舉槍，瞄準，射擊之類的軍事教育，原來有他父親致給他的自己底手法在應用着！我好幾次看見他底刺刀還未對敵人的身上實行劈刺之前，敵人底槍尖就已經對着他瞄準了，射擊了，——不，其實（如果可能！）這還是千分之一秒鐘以後的事，而高偉却正在這千分之一秒鐘的時間之內，利用了最難於被覺察底優勢，把敵人制服着！他殺死一個敵人，總是用刺刀拚命地衝進敵人底胸膛，然後，他決不把刺刀很快地就拔出來，他要親眼看定他底對手是怎樣的在他底刺刀之下確實地死了去，而他底對手從身上着了刺刀的一瞬間起，繼之傾斜着身體躺倒下來，以至於在地上仰臥或俯伏，這些變動，幾乎沒有一點不是直接地受了他底刺刀的威脅的結果，……

其次是彭元岳，他有點肥胖，個子不高，他是一個不折不扣的農民，正和通常的農民一樣，沒有受教導的習慣，一種有力的教導到了他底身上，就要成為一種遲鈍而不能深入的東西，幾乎是一種天定的性格使他和教育隔絕了，——他底面孔是又圓又大，表情很皮相，看不出更深的東西！他又愛笑，不管和誰人交談，總是聽見他哈哈地在笑着，但是他也有着他自己底特點，他底射擊是比高偉還要準，對於敵人，他有着很確當的輕蔑，為什麼這輕蔑是確當的呢？因為他在輕蔑中並沒有半點放縱敵人的意念在留存着；他底動作雖然有點近乎遲鈍，但是和敵人底惶急而倉卒的動作相比，這遲鈍在戰鬥底效用上是恰恰成爲了必要，而他愛笑的面孔也已經正式地緊張着！

劉宗仁和劉友達在射擊的位置是自頭到尾地並排着，……他們兩位是同出一家的堂兄弟，面孔却像親兄弟一樣的相肖，在陸安師範，他們是高我一年級的同學，他們同樣是出人頭地的體育家，直到進了我們底隊伍，體育家的身份還是保持着，……

那奪路而走的數十名敵人，嚴正地保持着他們底成行的縱隊，而且是一個頗爲嚴緊的縱隊，他們在危急的時候惶亂地散開了，這當兒，他們一個個都幾乎要爲路邊的大石或大樹底橫根所絆倒，甚至手脚忙亂得槍也開不成，把整枝槍拋擲到我們這邊來了！但是一經集合而又成爲縱隊之後，他們底失去的胆量重又恢復，他們總是斜斜地向我們底近邊橫衝着，……這橫衝所加於我們身上的決不是一種直接有力的壓迫，不過我們却並不以爲這樣就對我們本身有利，我們要奔過他們底前面，迎頭攔住他們底去路，利用着他們魚貫而成的直線，使我們所發射底每一顆子彈都能夠殺死他們兩個至三個以上，——於是那最激烈的「白兵戰」⑭開始了，……我們，預早就給派定了負担這特務工作的六個人，每一個底槍尾都掛着雪亮的刺刀，——在這裏，莫愁，那很早以前就混過了軍隊生活的高個子，和我實行了最微妙最確當的合作，好幾次我們用兩把刺刀去逆襲同一個敵人，而當另一個敵人決定了他自己底方向，單獨對着他或者對着我直扑而來的當兒，我們似乎從中取得了約會的餘裕，又是一齊地用兩把刺刀去迎接着！

三十名左右的敵人已經有三分之一倒下，還有三分之一失去了戰鬥力，其餘的三分之一也正在急速地分解着的當兒，從我們底背後忽然又突出了三個敵人。——他們取了適當的地形，三桿槍沈着地一同對準着高偉底背影發射，……高偉在剛要爬過一個平斜面的大石的時候，宅無防備地用他底闊大的上身去接受那三

⑭ 肉搏。

顆子彈的橫襲，他無能爲力地倒下了，在倒下的一瞬間，他底槍還在手裏高擎着。——於是戰鬥突然地陷進了危險的境界，原先被我們所追襲的敵人，好像一時有了新的警覺似的，他們已經轉回了槍口向我們採取攻勢，——彭元岳不知怎樣，他剛剛一閃過了一株大樹幹底背面就立身不穩起來，卒至搖搖不定的倒了下去，他是左胸上受傷了，但是他很鎮靜，他利用這一跌轉變了射擊的方向，出其不意地使那從我們背後襲來的三個敵人中的一個很準確地在太陽穴上接受了一顆子彈，其餘的兩個竟然狠狠地捨棄他們受傷的兄弟而走了！緊隨着他們底背後猛襲上去的是劉宗仁和劉友達兩兄弟，——劉宗仁和劉友達大概已經用完了身上的子彈了吧，他們決不放槍，他們這一去是只管挺着血汚淋溼的刺刀，一逕向那兩個逃走的敵人直奔着，不知怎樣，這兩個逃走的敵人竟然失去了他們原來底鎮靜和勇猛，而爲劉宗仁劉友達他們直奔而進的可怖的氣勢所懾服，他們變成了毫無戰鬥的能力，當跑在前頭的劉宗仁底刺刀接近他們還不到五步的時候，他們便發在兩位勝利者底面前屈膝下跪，但是這得不到劉宗仁和劉友達底饒恕，他們是毫無憐惜地結果了這兩個俘虜，給高偉復了仇！

這其間，西邊一帶的槍聲慢慢地減少，在中部担任作戰的兄弟和我們取得了聯絡，戰鬥似乎很早就失去了重心，對我們進行反攻底敵人，火力非常單薄，中部的兄弟有五個已經加上了我們底陣線，我們突然增加了一倍以上的火力，不消說，戰鬥底勝利從這一瞬間起就已經決定了下來！

二十分鐘後，紅花地全線底戰鬥情形，瞭如指掌地擺在我們底面前，——我們小小的三分隊，一共還不上兩百人的隊伍，奇蹟地克服了敵人兩團底兵力，……

遺留在後頭，還未開進這森林裏來的敵人底大隊受了這意外的震驚，已經一拉而斷，向西撤退到三里外的布心圩地方去，——當然，我們底隊伍在這時被發現，對於他們正也是一種很好的情況，因爲他們只要抓住了我們這個目標，進攻這事就有了着落，——我們呢，對於敵人底更嚴重的進攻之防禦，是從這一刻起就必須緊密地準備着，但是我們整個的隊伍却開始了憂愁！

我們，在這一次初始的戰鬥中除了必須支付的正常的犧牲——死傷之外，剩下了一百四十三個人，用這一百四十三個人去接待敵人更嚴重的進攻，那是絕對地沒有問題！只是還有一件更繁重的任務，就是看押俘虜，這俘虜底人數有三百多，超過我們全數再多一倍的數目，我們就是用整個的隊伍來担當看押俘虜的任務也還不夠。我們全部八個分隊的武力，有五個分隊已經開到梅隴方面去應付那更嚴重的的戰鬥，在後方，全是赤手空拳的羣衆，——可以說是一兵一卒也沒有，我們還有援兵麼！那麼，我們只好把紅花地底寶貴的陣地斷送了？我們根本就夠不上守禦！……

楊望，我們底老大哥，這時候毫不動搖地决定了，——三百多的俘虜底黃色制服，强烈地，占多數地在我們底服裝不一律的近乎敗坏了的隊伍中參合着！學生出身的兄弟們比在火線上呼口號更進一步的宣傳工作也開始了，——三百多虜俘幾乎九成九是下級軍官和兵士，他們底態度是馴服得很；戰鬥，已經共同地都認爲是過去了的事，他們一般地都陷於一種愁苦而疲乏的狀態，有的用手巾在包紮手上或脚上的輕傷，有的在山澗邊喝水，雖然一堆堆地聚集着，而可驚的企圖在他們之中可以說是半點也沒有，他們也許多半都已經打消了各種的疑慮，靜待着我們底處理，我們對他們並不曾用過任何强暴的壓制手段，他們之中，間或互相地發出了談話，我們一給他們一個眼色也就把談話停止了，——但是總指揮楊望所發出底命令，秘密地，像强烈的電流，在我們彼此底耳邊交流着，爲着神聖的防禦之繼續，並且爲着一百四十三名底秘密（在這神秘的大森林裏面，敵人是始終不明瞭我們到底有多少兵力），不要在這三百多的俘虜中被發露，總指揮楊望秘密地把他底命令發出之後，就屹然不動地在我們底側邊站立着，一隻手拚命地把他底長長的睫毛揉動着，似乎在叫他底兩隻圓大的眼睛要把這不容易控制的場面把握得更準些，——

太陽光從樹梢底縫隙向下直射，時候已近正午，森林裏底冷氣低退了不少，我們也多少感到一種烘熱的氣流，——我底頭腦却沉重着，胸腔裏起了在戰鬥中還不曾有過的氣喘，呼吸也不容易起來，幾乎感受到窒息的痛苦，……我好幾次想要對楊望提出異議，但是一看到楊望底一副鋼般的黑而冷的面孔時，內心似乎又受了一陣强烈的警醒和啓示，因之我底頭腦也變成冰冷了，幾乎是指頭觸摩楊望底冷面孔而起的感應，——我得爲自己慶幸——在楊望所領導底戰鬥中，我和我手裏底冰冷而犀利的武器是自始至終緊緊地結合着，………

這驚人的場面是終於痛楚地展開了！

我們，一百四十三人一齊地發射了一陣最猛烈的排槍，這排槍有着令人身心尸體笨重地顛仆的聲音，整個底森林顫抖了似的起着搖撼，黃葉和殘枝悚悚地落了下來，而我們底第二輪排槍正又發出在這當兒，……

回顧我們自己底隊伍，是在森林裏的叢密的大樹幹的參合中，彎彎地展開着，作着對那黃紅交映的尸堆包圍的形勢，像一條弧形底墻，……

通訊員

一

林吉的門口，長着一株高大的檸檬樹。六月初間，曾在這檸檬樹下殺死一個收租的胖子。他的屍身橫架在樹根上，嘴巴還在一下一下的張合着；但是背步槍的已經囘去了，在四面站着的人，望着林吉腰邊帶着的皮盒子說。

「哼，我說你那裏去！　來啦，你的曲尺到現在還不曾用過。………還不來，你這傻瓜！」

於是，林吉拔起了他的曲尺，對準那胖子的前額。

「砰」林吉覺得手裏有點震盪，那胖子的頭顱便裂開了一個角。

「第一！」許多人都舉起手來，挺着一隻大拇指。

經過這樣的事情以後，吉林便給大家稱做一個最有膽量的人了。

二

林吉當了江萍區的通訊員，很少回到家裏來。他每天都是跑路。就是回到家裏，至多也是吃一餐飯，或者上半夜和妻子睡一覺就走了。

鄰居的人常常到他的家裏來看他吃飯。林吉在一張跛腳的木櫈上坐着，只是吃自己的飯，并不向他們打招呼，他們自己也隨便找一張小木櫈來坐。大概這樣的小木櫈只有一張，其他的便背着門板站了。他們常常用咳嗽作一作聲，有的却半聲不響，也有把兩隻手交叉在胸口的。

這時候，林吉的妻一面向竈子裏送草，一面給丈夫添菜。她用袖口揩一揩眼睛，便嬾散地向他們招呼一聲，大多是這樣說，

「大家吃過了？」

或者是，

「早？」

以後，她便微微的笑着，自己一個人踏出門口，兩隻手交絆在背後，背脊靠着墻，一隻脚站着一隻脚蹬出來。這樣，她留心地瞭望那遠遠的插在山堆上的一枝青竹；這青竹每天有人在那裏輪流看守，倘若看守的人把青竹倒下，那便是敵軍來了。

趁着他的妻踏出外面，這許多人便向他問起一些秘密的事。

「聽說，葉挺落船出香港的時候，他的衞隊有十五枝手機關槍放在碼石，現在已經給我們掘出來了，那是在地底下掩埋着的；但是很奇怪，半點也不會生銹，不過有幾顆油珠在槍柄上粘着咧！——你聽過嗎？」

有時，他們也說，

「法琉山脚有一條崔坡橋，你也走過的吧？近這邊，有兩架擺茶水的攤子，

——喔，你也不曾看過，那裏不是有一個歪了鼻子的婦人在走來走去的嗎？啞，你也跟人說是通訊員！有許多轎夫坐在那裏等客的，那攤子的下面有許多破碎的電桿上的白瓶子丟在那裏，你也不曾看過？——十五天前，喔，不錯，十五天前，那裏來了一個營長，——從東海來的？那是一定！——唉，到了不夠運的時候，不前不後，他一經過這裏，就恰好我們的——喔，那班傢伙！——在那個鄉裏吃了芋頭剛才出來。哈哈，鴨籠裏還有隔夜的蚯蚓嗎！在那竹林裏搶出來，連人帶馬都牽到法琉山上。——哈哈，不多不少，齊齊整整繳十枝駁壳！你想得到嗎？他有八名護兵，一名馬弁，——用什麼機關不機關，這一邊只消十二個人，三個空手的，兩個拿鋤頭，六個拿梭標，只有一個是帶着一枝不會響的土曲尺——我看過了，沒有你的那麼好；你那一枝是德國的，不是會連放？」

但是，林吉一面把嘴裏的魚骨吐在地上，一面只是對他們把著微笑，從來是不多說話的。

他往竈子上的銅鍋裏再裝一碗飯，把筷子敲一敲桌上的破板，又吃起來了。倘若他沒有吃完飯——不，倘若他沒有離開這裏，這些鄰居的人，總是非常喜歡和他一起的。一定的，他們又有話說了，

「噯，我問你，林吉！——有人說，一隻耳朵可以藏起三封信，這是可以相信的事嗎？我想，這信是細到怎樣？還有藏在眼膜裏的，等到碰見敵人的時候，一定趕快裝做瞎子吧？」

「你說，我是瞎子！但是，你身上沒有帶布袋，也沒有帶銅鑼子，他們能夠相信嗎？」

「讀熟甲子乙丑的甲子花要緊啊！布袋和銅鑼子還是閒事！——哈哈哈！……

……」

他們說到好笑的時候，林吉也就笑了起來；但是，他把煞尾的那一口飯咽下肚裏之後，掉過身來又裝飯了。

「喔，老林，你一定不肯告訴我們的，——仙機不可洩漏咧！譬如，你的通訊員是給我當了——甚麼，我說譬如！——那時候，我要經過一個關口，好像黃土墩的茶店一樣，每天一定有許多敵軍在那裏把守的，那末，你看我要拿出什麼計策呢？你猜啦，叻？——沒有什麼，單單一個轎斗！——甚麼，你倒說大嗎？通訊員永久只好帶信！送宣言，送傳單，這有什麼辦法呢？哼，一個轎斗，你看其中有幾條大竹管！不要說傳單，宣言；我要在那裏藏左輪，你有法子看出嗎？不過，我說，頭一回經過那個關口，是馱着一個轎斗；第二回經過那個關口，又是馱着一個轎斗，這樣有點不便吧了！要做轎夫是容易的事咧：我不能把屁股拉長一點嗎？——叻，老林，這全靠我們自己變化就是了，你說怎麼樣？」

林吉經過了許久的微笑之後，這才回答一聲，

「那是一定！」

三

林吉走路的時候，大抵是打扮做平常人的。他穿的是淺藍色的短衫，黑柳條的褲；左脚的褲放下來，右脚的褲却摺到大腿上去。

這一回，他的工作，是帶一個人從江萍到梅冷。這是一個擔任政治工作的少年，非常喜歡說話。林吉告訴他，在夜間行走，連脚底踏到地上都不許發出聲來，因爲，他說，

「敵人的尖兵，有時會把耳朵緊貼在地上，半里遠的步聲還可以辨別出來。」

但是，要是不能給他說話，他便時時的咳嗽着了。

從江萍到梅冷，必須經過一處很危險的山坳，兩邊的山上有許多敵軍在那裏放哨，林吉打算趁這天還沒有亮以前，走過那裏的虎口。

「嘍——」林吉拉住那少年的手，把嘴巴挨近他的耳朵說；「你的脚——哼，你半點也沒有經驗！倘若你找不到實地便踏下去，你說翻一個觔斗就了事嗎？給敵人聽見了，你將怎麼辦？」

那少年正要發出聲來答應他，林吉已經給一隻手來掩閉了他的嘴，於是，他又跟在林吉的背後走了。

月亮早下山了，但是天空還有星光照耀，山坡上的樹林，在他們的前面顯出幢幢的黑影。平時十分沉默的林吉，到這裏就變成靈精的狠，後面的少年，在灰暗的夜色中看出林吉的頭是不住的轉動着。他當心在辨別林吉先行的足跡。要是林吉突然停止脚步，他便嚇得突跳起來了。

「你，——」林吉仍舊把嘴巴挨近少年的耳朵；「你看住我吧——我現在要你蹲下去，你聽出了嗎？」

少年蹲下了，林吉卻是向下臥倒，前面的樹木都從那清朗的星空顯映出來，林吉的眼睛，像尺子一般在打量前面所能看到的黑影。這時候，彷彿週遭已經絕滅了一切的秋蟲，林吉的耳朵，全爲夜陰的沉默所穿透。

這樣的過了一會，林吉把脚尖的姆趾觸一觸少年的頸，叫他起來；林吉在他的前面，他又跟着走了。

但是，突然，前面響出了野獸的叫聲，

「口令！」週遭是更加沉寂了，然而，接着又是響出了一聲嚴厲的「口令！」

林吉往後退了一步，正要蹲下來，就聽見「撲通」一聲，後面的少年已經跌進左邊的水凋裏去。林吉剛把身閃開一下，前面的手電和子彈已經一齊射來，他只好趕快把身伏下，爬進附近的山坑裏去隱匿着。

林吉隱匿的山坑距遇事地點并不遠，那被捕的少年怎樣結果，他是聽得十分清楚的。

四

這一天的早上，大約是八點鐘的時候，林吉已經囘到江萍，報告那少年的死事。一個同志偶然遭了意外，其實這算得什麼！橫豎這一輩子是準備拿「死」做出路的了。那負責的人，認爲這樣的事情是十分平常的，對於林吉，不但沒有半點責駡，而且懇切地加以安慰。然而從此以後，林吉的心裏便好像起了不可排解的苦痛，他的形狀是突然改變了。

起初，他决意向人尋問那個和他一同遇事的少年，是叫做什麼名字。他的神情好像變成瘋狂了。許多人因爲自己的工作太忙碌，都不同他說話。當他踱過區黨部的門口時，碰見一個武裝的人，好像隊長，他立刻上前去拉了他的手，請求他答應一句話。

「嗳，兄弟，你一定是他的朋友吧？那孩子，要我帶他到梅冷去的，——你曉得他的名字嗎？」

「你看淸楚了嗎？——你不是認錯了人？」

「哦，認錯？誰呢——不，我問你是不是曉得他的名字，你不能答應我嗎？」

他萬想不到對面的人，突然使生氣起來，撒了手；又掉過忿怒的面孔，叱駡着說，

「哼，你這王八！」

這時候，他的心裏覺得突然受了一種痛苦的譴責，兩隻手抱着頸頦，隨卽跌倒下去。他的頭非常沉重，面上烘烘的發熱。無論他是怎樣的想，那少年臨死時的各種叫聲，總是存在他的心頭，這樣，他便暗暗的惶急起來，因爲，無論如何，他總是沒有法子擲去這件痛苦的事情……

「口令！」週遭是更加沉寂了。

「口令！」

他往後退了一步，正要蹲下來，便聽見「撲通」一聲，後面的少年已經跌下水澗去了。然而，手電和槍聲一齊射來，他怎麼能夠在那裏多站一刻呢？他已經伏下他的身，並且安全地爬到那山坑裏去了；然而，……

「我不能跳進那水澗裏去挽起他？倘若我到了他的身邊，他不會跟隨我從那水澗裏逃出？　喔，我却自己先走了！……」想到這裏，他覺得非常驚惶；他站起身來，又是跌倒下去了。

於是，他無論碰到什麼人都拉着，告訴他那一夜的事；當他說到他的朋友在水澗裏給人挽上山坡去凌遲時，他自己假做一隻豬，用手掌當做屠刀，猛可地向胸口劈刺下來。於是，他從恐怖的嗓子裏發出顫抖的叫聲，他立刻又跌倒下去了。

巷口的人，起初在他的四圍堆成牆堵，但是，誰都沒有聽出什麼，以爲碰見一個瘋子，就走開了。現在，他的邊旁，只存有幾個孩子。

「這一邊是樹林，」一個孩子挽起他那垂下的頭，捻開他那合閉着的眼睛；「那一邊是山澗，——喂，你剛才是這樣說嗎？　那末，你再叫：口令！砰砰！撲通！……」於是，他伏下身子從林吉的面前爬到背後；「喏，我却自己先走了！我却自己先走了！……」

「哈哈哈！……」他們都笑起來了。

五

現在，林吉在他家裏的牀上躺着，他是病了。

江萍的同志到他的家裏來看他。他本來是微笑着的臉孔，現在已經變得異常愁苦，而且比前枯瘦了許多。他一提起嘴巴便搖着頭。但他還是自己訴說自己的事，這却絲毫沒有改變。

「少的死了，大的却逃了囘來，你說這是對的事嗎？」末後，他含淚的問。

「噎！」這位同志却表示沒有這囘事；「這是什麼呢！」

但是，停了一會，他忽然想起一個譬喻給林吉說，

「老林，我們現在什麼都不必說，我單說醫生的事給你聽。一個醫生，到某地方去給人醫病，但是病人已經快要死了，醫生沒有法子，只有眼巴巴，看住那臨死的病人在喘着氣。他說，『我是醫生，我是竭盡了我的能力來醫治你的，可是，沒有法子，你一定死了；我很難過，因爲，無論如何，我是不能跟隨你死去的！』你想，別人是不是可以說出這句話來責備這個醫生：『你爲什麼不跟着他死去呢？』 老林，你懂得我的意思嗎？」

然而，他便是說了再多一籮的話也沒有用處。林吉合了他的眼睛，提起嘴巴來又搖着頭問，

「但是，少的死了，大的却逃了囘來，你說這是對的事嗎？」

其實，他現在所需要的是一種藥石般的責罰；對於認罪的人，安慰是沒有用處的。

一天過一天，他的病漸漸的沉重下去。他的妻，從另一地方探得那少年的姓氏，瞞了一總的人，自己走到他們遇事的地點，焚香燒錠，望着山堆上放哨的敵軍，唸出那少年的姓氏來，替她的丈夫討魂，但是，這也沒半點效果！

鄰居的人，依然常常到她的家裏。他們也曾說了許多的話，給林吉開心的。「哼，老林，——人家曉得什麼，也學人在夜裏走路，容易？」這個人，他是非常厭惡學生走到他的門口來演說的，一提起便譏笑那被難的少年；「嘿，燕洲吳石齡的事，你聽過嗎？——唉，讀兩本書，只會做癩背梯玩耍，出來幹什麼鬼？喏，那一夜，一個同他帶文件的人，險些兒也給敵軍做了。你說怎樣呢？那個交通員——帶文件的——走在他的後面，他說他的膽子很好，你有什麼法子呢？那個地方，大約也是敵軍放哨的所在，右邊一條車路是直通東海的，從我們江萍到縣城也有一條車路通過那裏，那個山，原來是很小的，但是牠生在這兩條車路的總口，四圍又是很平坦的田園，站在那小山的頂上，可以瞭望到很遠的地方，敵軍也很有眼色，一來便爬到那小山上去放哨了。那孩子——吳石齡呢，剛才在老婆的褲肚裏爬出來的！——他較有見識！他就提議了：『叻，這地方太危險！』又說什麼『不好兩個行在一起！』他的膽子很好！幷且說：『我做尖兵，我先走過去！』那個交通員，姓李，——喔，將軍山腳李潭水，鷺鷥腳，壞了一邊卵管的，你不曾看過？你叫他落火坑也不用加嘴的啦，其實那裏沒有膽子呢！但是，要說他走在後面，這倒也可以！那時候是中夜一點鐘左右，吳石齡眞的先走過去了，　照公道說話，這衰丁兩條腿子倒也長得十分結實咧！——但在前頭等了一個時辰，便覺得不妥當起來，——原來他是和李潭水約定半點鐘後到前面的一座古墓相等的——其實，他連一個時辰也等不過去，——唉，叫這糞箕仔紙●還未解完的孩子，自己一個人走近那座古墓，連魂都散了，李潭水還不會走到，他心裏一着急，便喊了起來——『潭水呀……潭水呀……』這樣喊着。但是，李潭水剛才在那小山下走過一條石橋，他聽見有人叫喊，一不留神便踏錯了一塊石板，『京——頁』的發出聲來，山上的敵人，到了夜裏是散佈到隴畔上去巡邏的，那時候，他們便立刻開槍了！……」

「以後呢？」另一個問。

「以後？——你說這樣不是很危險嗎？」

停了一會，他又接着說，

「李潭水後來又是那個衰丁救了他，——嚇，誰想得到呢！」

● 小孩子一兩歲死了，用「糞箕仔」盛着丢到野外去。這樣的事對於每個小孩子都是一種很刻毒的恐嚇。母親們常常向菩薩許紙(就是約定時期送給菩薩多少錢的意思)，請求讓自己的孩子避免這「糞箕仔」的艱難，送錢給菩薩的時候，叫做「解紙」。「解糞箕紙仔」含有詛咒的意思，是罵人的時候用的。

「這是活該的，吳石齡聽見槍聲就走了，——那裏四圍都是水田，吳石齡像一隻塗龜，在水田的泥漿裏爬過去的，哈哈，這孩子，連吃奶的力都出完了！他走了四里多遠，穿進了一個鄉村，——新寮？孔子寨？那鄉村叫做什麼名字呢？喔，我忘記了！——那時候，敵軍還沒有開始圍鄉，四鄉都設有巡夜的人，在提防敵軍的偵探。各地的同志是約定了秘密的信號的，——你不曉得口令？但是吳石齡慌得口令都忘記了，『口令！』他聽得前面有人，心裏着急起來，便向一個池塘撲進去，於是，全鄉的人把銅鑼敲動起來，集合了許多梭標隊，一面包圍着那池塘，一面派人帶劍子跳進水裏去搜索，他們以爲吳石齡是敵人的偵探了！他們的銅鑼聲和喊聲引起了四圍的鄉村，四圍的鄉村也起了騷動。在那裏放哨的敵軍，至多也不夠一連，他們有法子在那孤小的山子維持下去嗎？——連屁股都丟掉了！李潭水便從他們的手裏活活的逃了回來！」

「吳石齡在池塘裏給人搠死了嗎？」又是另一個問。

「哈，我說到這裏又要失笑！你說吳石齡這個塗龜，他是鑽進那裏去了呢？——那池塘的岸畔，架着一架水車，有人準備在那裏踏夜車的——天旱，高的田已經開了裂縫——吳石齡便在水車的底下藏着，他們也沒有法子把他搜索出來。末後，李潭水走來了，他把大概的情形告訴他們之後，大家都曉得剛才是追錯了人，李潭水站在池畔，就把吳石齡叫了出來，——哼，還要叫，倘若我是李潭水，我一定給一把劍子結果他，留了他有什麼用呢？」

但是，這樣的故事除却增加林吉內心的痛苦，也沒有半點用處。當他們在談論的時候，林吉常常是不舒適地在牀上翻轉着，不然，便是緊閉了眼睛，或者睡着了。

有一次，在他家裏談論的鄰人，有一位忽然對林吉詰問着說，

「喔，老林，爲什麼你那時候不開槍還擊他們？身上的曲尺，不是碰見敵人的時候拔出來用的嗎？——哼，你這傻瓜！」

這時候，林吉却含笑地扳起身來，把那位朋友的手拉到自己的額上，對他說，

「你說得十分對！——你拿起拳頭來擊破我的頭吧！來，你聽我說，我要——」

於是，這位朋友假意在他的額上拍了一下：然而這使他很忿激。

「我要你擊破我的頭，一點也聽不懂嗎？……」

說着，立刻拔起了他的曲尺，許多人都驚慌起來，青了臉，連忙跑出了門口。

林吉的妻聽見了，隨卽搶進屋裏去。然而，她只看見丈夫和那枝手槍一同在牀沿跌倒下來，她的耳朶受了一陣過激的震盪，立刻昏過去了！

中校副官

陀子頭南面相距不遠有一個小村莊，它像單靠着躱藏來維持自己的生命的鶴鶉一樣，緊密地躱藏在一片黝綠的松林里面，對於長城一帶的急急惶惶的戰事，似乎取着不聞不問的態度。十日前，有三師左右的中國軍，不憚遠征地從別山方面開來，在陀子頭，只是經過而已，并沒有駐紮，但是也教這小小的市集整整地騷亂了三晝夜之久。這樣他們都向灤河方面出發去了，却在剛才所說的小村莊裏設下了一個兵站。

這個兵站有它的極大的重要性，因爲它是直接隸屬於軍部的；軍部和平谷，密雲，薊均，高樓等處的友軍的聯絡，憑着電話，短波的無線電，以及傳令兵的單車隊等等，在這裏設下了很密切的交通線。軍部派一個中校副官在這兵站裏負全盤的責任。

副官是一個稍近衰老的壯年人，——沒有鬍子，面孔很白皙，背脊有點駝他不像一個粗俗的武夫，不像軍隊裏所常見的人物，嘴裏老是承認着自己是一個軍人，頭腦簡單，什麼都不懂，心裏卻目空一切，驕倨，自大，否認着世間所有一切的道理，他的學力很好，軍事上的不用說，政治上，也很有修養。但是，像另一種文武全才的人物，在普通人的行列裏，時時露出自己是怎樣的壯健，英勇，以及別的近似軍人氣概的特點，一到軍隊裏去，卻把所有的同事們都看作愚蠢無知，如牛似馬，自己卻裝起斯文來了，——那也不是的。他對於比自己低下的人們，非常和藹，卻并不憑着這一點去蔑視長官；爲着同情這些低下的人們而至於對官長抱着抗拒的態度，在他是沒有的。他承認長官在作戰的指揮上是怎樣的重要，并且，當一個將領指揮他的部屬去戰勝敵人的時候，——不要就說是戰勝吧，只要肯站硬着脚跟，讓自己的部屬在火線上和敵人比一比身手，不要發下退兵的命令就好了！——將領就是一面神聖的旗子，標幟着民族的光榮，要在全世界的人們的面前眩耀的，……因此他十分地敬重他的長官，——對於軍長，他是當爲偶像一樣的信奉着；軍長對他也很看重。別的人，他們有時會因爲和自己的長官過於親近之故而把長官的尊貴都忘掉了，他卻不是這樣；軍長對他越親信，他是越能夠體認他的尊嚴。他喜歡當軍長不在的時候，對着別的人們傳述他（軍長）的許多令人感動的故事，而這當兒，他的態度是莊重的，他決不特別地顯示自己和軍長有什麼密切的別種關係的身份。只是在這裏，他往往露出了自己的短處，就是過於愛發空泛的議論一些，而在他管轄下的人們，因爲曉得他這個人很好，有時候雖然也反駁他，詰難他，但從不會對他露出什麼不恭敬的地方。

——那麼，兵士呢，他們在作戰……上，不重要嗎？

遇到了這種發問的時候，他說，

——自然，作戰是全靠着兵士了！可是這樣說有什麼用呢？我們的軍長如果聽了這樣的話，他是要氣惱的，你們難道不了解他的脾氣嗎？他是一個很有自信的指揮官，他承認指揮官在戰鬥的勝利的把握上，有着極神聖的尊嚴，這是好的，因爲一個長官必須具有這樣的態度，如果我們把兵士的地位提得太高，……喂，諸位，有什麼用呢？我們的軍長，他是要氣惱的！

——你們看吧，他接着又說；當了一個主管官的人，如果不明白自己的職位的重要，那就是一個草包！我們的軍長，他處處對自己的職位負責任，也就是說，他處處對國家民族負責任，如果他不懂得這一點，我們的民族就不需要這樣的指揮官，然而我們的軍長，他是負責的。單是這一點，就值得我們的尊敬了！有一次，我和他兩個人騎着馬到野外去視察，他問我結了婚沒有，我也不好意思怎樣囘答，這時候剛巧要走過一條橋，他因爲對於這橋存着警戒心，竟然下馬了，這就是他的偉大的地方，……而我，當時還不大明白此中的意義，以爲他不敢騎着馬過橋，是一種懦怯的表示，——如果你們看到了這樣的情形，又覺得怎樣呢？大概都一樣吧？所以，對於自己的長官不能夠有着深刻的認識，這實在是我們當部屬的人的恥辱，——對嗎？勞司書你說吧！

他最看重勞司書，因爲勞司書是一個學生，他的年齡雖然比別的人都小，但是他做事負責，勤勉，而且很聰明。

勞司書，當然，他是這樣說了，

——是的，譬如一個人向東走，那麽他對於南，北，西三方面都逃避了。一個眞正的革命者，對於憲兵和偵緝一類的傢伙，是儘可能去逃避的。一個人趨向於大的成就，對於許多小的，就看輕了。一個勇敢的將領，爲着要把勇敢用在大的上面，——而不是用在小的上面；用在這一線和那一線的作戰上，——而不是用在這一陣地和那一陣地的作戰上；用在這一民族和那一民族的決鬥上，而不是用在這一隊伍和那一隊伍的決鬥上，遇到了無意義的場合，把懦怯當作甲冑一樣套在身上，是必要的，而對於一切小的無須有的犧牲，都逃避了！

——說得好，不錯！對！副官嘉讚着；那麼，諸位也就滿了？沒有疑問了？

人們只好緘默着，因爲，如果再說，就要變成了論辯，在軍隊里，論辯并不是一種好的習慣。

副官於是快活地——那白皙的臉上煥發着光彩，卻不笑，如果笑起來，就要墜失了軍人的尊嚴；軍人的臉只能夠留存着忿恨和暴戾，而且應該是堅決的，悲苦的。

每天早上，他很早就起來了。他不怕寒冷，就是下雪，或者刮風，都不能阻礙他早起的習慣。他一起牀，總是很快地穿好軍服，綳好裹腿，像臨到了要出發——或者從軍長那邊接受了什麼緊急任務的時候一樣，一點也不懈怠，自始至終是那樣的緊張。這樣他獨自騎着馬到這村子的前後左右去視察了一週，回到辦公室裏，這時候大概是五點卅分左右，於是打電話到望府台司令部的參謀處，從詢間中得到了「盧龍城前綫安靜如常」的情況之後，他對着煤爐坐下來，拿了一條鐵條子搗動着那已經冷熄了的煤爐。如果這時候，偷閒的勤務兵還是在別的角落裏躲藏着不肯出來，那麽，他自己要在這煤爐裏生起火來了，他決不會爲着一點小小的事而激起了怒火，動輒就在勤務兵的身上大發雷霆。

——把傳令班長叫來！

傳令班長進來了，副官點一點頭，還了他的敬禮。

——今天能夠有五個傳令兵留下來嗎？

——報告副官長，昨天派出的兩個沒有囘來，一個新的還不會把脚踏車學好，只剩三個了。

——這樣好。叫他們不要隨便亂跑！

傳令班長出去之後，於是叫無線電生。

——到此刻爲止，把接到的消息都拿來吧！

無線電生把電報拿來了，大概這電報只有一張，因為從來電報決不能在電務人員的手裏有三十分鐘以上的逗留。

——北平，×月廿一日，——無線電生念：最近日蘇國交之危機，日蘇戰爭不可避免等等謠諑，甚囂塵上，——其流布於日本者既如此其盛，……

喔，這是關於國際方面的了，副官說；這個消息舊得很，我很早就已經知道，……當然，所謂戰爭者到底是什麼？那是兩國，或者數國之間，在生命線上發生了政治的經濟的衝突的時候，用以解決矛盾的一種方法而已，——就世界大戰說吧，……諸如此類的政治的經濟的矛盾，我們從遠東的歷史中也可以舉出同樣的例證：日俄戰爭的當時，日本把持大陸政策，朝鮮不用說，就是隔岸的滿洲，也想要吞併他，以入自己的版圖；當時帝國主義者俄羅斯也同樣想在遠東求得出路，——從前面的例子來看目前遠東的形勢，日本和蘇俄兩國之間，有同樣利害的矛盾嗎？有這種政策上的衝突嗎？換句話說，使日蘇戰爭不可避免的原因，在目前日蘇兩國的關係上，已經存在了嗎？……

副官在這樣連串地提出發問的時候，他的溫暾的目光，莊嚴地對無線電生迫視着，——往往是這樣，他從某一電報裏（順着自己的興趣）把捉到一個問題之後，一切的議論都集中在這問題的上面，甚至把別的電報都捨棄不管，大概這是一種記憶中的書本上的記載，要說明一種事件也許是足夠的，可是要說明講述這事件的人，就微乎其微；副官卻喜歡這樣，　在這一點上，他確實表現了十足的書獃子的氣味，不過，這已經涉及他的性格上的那一面了，……對於這樣的國際問題的討論，如果無線電生有什麼獨特的見解，那麼就參加進去也無妨，——無線電生，當然，他是對於全世界的排×運動很有研究的，他這樣說了。

——……我看，言論機關，當其作爲手段的時候，是非常猛烈的。一九一八年，十一月，休戰成立，同時英美言論機關也潑辣起來，漸次造成了排×運動的氣勢，於是反應在中國的新聞紙上，由一九一九年，五月，正當排×風潮最激烈的時候，英美的言論機關差不多全都負起了拼擊××的任務，其中特別活動的，是北京天津的太晤士報、華北明星、益世報、上海新聞等等，……

在這會議廳一樣的嚴肅的空氣裏，如果勞司書那孩子也加了進來，那麽，他是要受一番試驗般的攷問的。

——今天的進軍，你想出什麽題目來寫呢？

進軍是軍部出版的小日報，小到只有油印的一張紙，勞司書自己一個人担任了作稿，編輯，寫鋼版，和油印的完全責任。

——我想好了。

勞司書依例是這樣說。

這時候，他還不曾洗臉，睒着惺忪的雙眼，軍服套在大衣的裏面，合着大衣一起胡亂地披在背上，兩隻手掌互相摩擦着，前胸上露了出來的赭褐色的衛生衣噴着酵母般的酸毒的熱氣，他總是起得很遲，是一個貪睡的孩子。

——一個關於機關槍和掩撇部的（題目）吧？……我似乎聽見你說過了。

——不。那是「武裝的民衆到前線去！」

空氣又變得凜然的了。

副官嚴肅地把着微笑，要知道，在軍隊裏，這微笑是一個「不加懲罰」或者「嘉勉」的記號。

無線電生於是敬服地望着勞司書的一張結實而英勇的小臉。　而勞司書這時候卻緊張起來了，他在這個題目之下還有附加的說明，

這文章寫出來，該是最雄健，最有刺激性的一篇了！他自己熱烈地鼓噪着。

——你打算怎樣開頭呢？副官似乎很能夠體會着文章上的風趣一般，說；我想，譬如振臂一呼，創病皆起的氣勢，用起來倒是很確當的，——並且有一個要點你應該提及，就是，民衆到底是怎樣武裝？所謂軍民聯合的游擊戰術，在目前

的國際戰爭上，譬如，當我們的軍事勢力占××的優勢的時候，……那又是怎樣的呢？

——我想，我必須說，第一，中國的民衆是不可侮的，他們應該反省，……其次，中國的將領，必須放棄過去狹窄的態度，充實民族意識，絕對負起領導民衆的責任，在火線上，要像信任自己的部屬一樣，信任民衆，第三，兵士，不但在作戰上站在長官的前頭，並且在意識，在勇氣，乃至在政治的把握上，都要站在長官的前頭！

——好的，副官果決地贊成了說：就這樣寫吧！寫完了，就拿來給我看，記得嗎？如果你把兵士的地位提得太高，……注意，那是要加以修改的，……

那麼，他接着就叫黃服務員，——

黃服務員是一個管理電油和軍械的勤勉而忠實的傢伙，但是他愛喝酒，這樣的性子，像着了魇似的，無論怎樣都不能改變。

——你給我問一問那汽車夫，　他說軍長的汽車壞了，……你少喝一點酒吧！喂，……

黃服務員，無線電生，兩個人一齊對着他舉禮，走了。

勞司書重又回到寢室裏去。他搖搖擺擺地，大衣的兩祇袖口在左右揮動着，一面踱着，一面哼着他自己的音節不明的調子，很有一點名士的氣味，……

日本的飛機在這村子的上面經過兩次，擲下了一個炸彈，落在村子東南面的一個還未下種的旱園子裏，炸了一個很大的窟窿。盧龍方面，卻是一天一天的轉變嚴重了，據留府台軍部參謀處的報告，從盧龍派到撫甯去的一團，合當地的保衞隊二百餘人，爲××第十六師團蒲穆所包圍，由廿三日向晚開始激戰，到次日上午九時五十分，戰鬥結束，——全滅。中國的軍人現在正陷於一種非常苦痛的境地，他們像從運命裏給註定了下來的敗北鬼，每一次戰爭的開始，以至每一次戰鬥的結束，這種慘痛的史實往往給寫在同一電報的裏面，他們所演出的始終是一個悲劇，對於全國的民衆，是專用這悲劇去激動他們，而向來被稱爲低等的中國民族，——這也是命運的指使吧！——他們一生下來就給決定了：他們只好對着這悲劇痛哭，痛哭掩蓋了他們整個的一生，而他們的熱情對於這悲劇的支付卻永無限止，是一個發出悲痛的無盡藏的寶庫，甚至呈出了汎濫的狀態，——灤東的急訊，正如喜峯口，南天門和冷口等處的失陷一樣，是從一個可怕的巨靈所發出的連串的訊號，整個的中國民族，四萬萬廣大的人羣，每一次接受了這訊號的指使，每一次在那風聲鶴唳的黃昏的國境中作着絕望的可悲的喊叫……從北平方面傳來的消息，告訴這些在岌岌危危的火線上苦守着的戰士們，全國的同胞又鼎沸起來了，這充滿着悲慘的哭聲的鼎沸，對於那兵站裏的嚴肅的工作者，也正如對於所有保持着民族的自信的愛國者們一樣，所激發而起的情緒，是那麼的崇高而尊貴，每一次看到那報紙上的如火如荼的愛國運動的記載，副官，那可敬的勇

士總是興奮地喊叫着，

——你們看，中國的民衆都起來了！廣東的抵貨運動還是由抗×會在領導着，南京、上海一帶沒有抗×會，卻有屢次自發的學生運動在控制着，——中國的學生，眞是中國民族的靈魂，他們無論站在任何一個人堆裏面，都是這個人堆的精華，活力和推動者！我以爲學生運動祇是一種幼虫，在我們的救亡的工作上，學生運動必須由幼虫變蛹，由蛹化蛾，才有希望，就是說，學生必須一個個離開了學生的本身，參入別的救亡的隊伍中去，……如果過了一個時候，還是保持在他們學生自己的隊伍裏，不會蛻化，就像這幼虫死了，它幷沒有變成了在天空裏飛着的蛾！………

或者，

——你們聽見誰說，「中華民族是無望的」，你們就躱開了他吧，像遇見了痳瘋鬼的時候一樣，千萬不要受他的傳染！——這樣的人，他們說出來的道理是

很多的，材料也夠豐富，有時候也像梁任公的飲冰室全集的行文，歎息着，哭哭啼啼，再悲切些就吟一首詩，但是那唯一的目的是什麼？無非要下一個這樣的結論，證明我們中華民族必至於死滅　如此而已！……你們應該確信，過了這個難關，中華民族的復興期就近了，……

如果一個人能夠爲自己的前途確立一種强固的信念，即使是模糊一點也不要緊吧，那麼，無論怎樣嚴重的艱巨都可以擔當起來。　××飛機的可怖的空襲是開始了，……這個一向安靜下來的村子，現在正受了非常慘痛的蹂躪，××飛機的精警的鷹眼已經覺察了這村子的重要性，彷彿每一次把炸彈擲下，每一次都決定了這村子的運命。　村子的房屋給炸燬了一大半，石砌的巷子爲了不勝炸彈的爆炸力的震盪，都裂開了，——女人們守着炸死的尸骸，鎮日地號哭着，……爲了避免被襲擊的目標，而至於一天到晚不敢在爐子里生火，每一個人都讓肚子餓着。兵站裏的人員們受了這樣的威脅，除了躲在地窟裏守着無綫電，電話等幾個通訊機關之外，幾乎把一切的工作都停止了，這樣，還不能使天空裏一天到晚飛旋着的飛機減少了一點注意；牠們也確實太驕縱了，就是看到一個農民的影子，也要任性地放下了三顆以至六顆的炸彈，而使這小小的村子在撲面而起的塵土和煙火中翻動着，……不過，雖然如此，兵站裏的工作還是永不間斷；暴力的恐怖不能使這些勇士們的情緒低落半點。中校副官也比前英勇了，他對於同事們的推動沒有別的方法，只憑着堅毅而純淨的人格，以及他的嚴格而溫暾的可敬的態度。

隨着一種震破耳鼓的巨響的激盪，地殼立即起了一陣瘋狂的顫動，這炸彈落在村子東面的松林裏，松樹連根都被拔起了，地上的積雪飛濺着，被炸斷的松枝像火箭似的往天空裏直射，一陣灰白色的烟幕夾着土地的溫暖的氣息慢慢地浮動起來，瀰漫在村子的四周，　村子裏的愚蠢的老百姓們，還缺少認識這暴力的的可憐的好奇心，要看一看那暴力所開挖的窟窿深淺如何，都跑出去了，甚至在那窟窿的旁邊聚集了一大堆。兵士們力竭聲嘶地喝止着，並且把鎗口對着他們，幾乎要決然地放棄了對民衆施行軍事敎育的責任。對於這樣的情景，中校副官，那溫暾可敬的少年長者可就要深深地蹙着他的眉頭了，他一面歎息着中國民衆的愚蠢無知，而一面卻憤恨着兵士們的野蠻和暴躁。

——這是中國的民族運動起得太遲了的緣故呵！如果早一點發動，我眞不相信中國的民衆還會這樣的呆笨，對於戰爭是一點也不懂……

有一次，一個年幼的勤務兵受不起炸彈巨響的震嚇，躱在粮服部的倉庫裏，蹲在地上，身上用五張棉被覆蓋着，給一個少尉服務員知道了，少尉服務員把他抓到中校副官的面前，報告了他所看到的情形，中校副官撫摸着那小孩子的頭，愷切地問他說，

——怎麽，你是這樣怕死的麽？

——我……我怕！……勤務兵回答着，顫抖着嗓子。

但是他錯了；他以爲這樣說會得到中校副官的憐憫，卻不想這時候中校副官突然臉色上起了嚴重的激變。

——混帳！住口！我不准你亂說！——他伸出一隻手，抓住了勤務兵的一個耳朵，并且嚴厲地把耳朵搖動着，——記得嗎，如果下次再這樣，我就鎗斃你！

旁邊的人們都凜然地肅靜了，在中校副官對於那勤務兵的簡短的責罵中，人們不能不嚴酷地檢驗自己的靈魂的强弱。當然，戰爭是殘酷的，中華民族的勇士，却不能不在這殘酷的戰爭中，——爲着寶貴的勝利的奪取而賦給這慷慨赴死的身心以可歌的壯健和優美。

帶着黝黑色的古城，展佈着忍苦的齒，在沈鬱的雪天裏顫動着，——一天的早晨，東方的低壓的天空，那陰慘，濃重而失去了光澤的氣體，在初昇的旭日的迫射中，漸漸的緊張起來，變得很薄，像一塊玻璃似的透明，而卒至於透過了新鮮的陽光；這是一個富於大陸氣息的神秘的晨曉，沿着灤河的岸畔向北上溯，那峥嶸，美麗的山岳却還是深居遠藏，在乳白色的霧靄中，只露出了蒼鬱平淡的一線。雪是在昨天晚上就停止了，凜冽的寒冷却還是無所底止地往下沈澱着。盧龍城東面的郊野，隱隱地發射着連續不斷的機關鎗聲，每逢那沈重的砲聲一響，盧龍城上面的平靜的天空總是痛楚地起着痙攣的抽搐，接着又紅光一閃，盲目地落下那殺人的巨彈，——在這緊張着而幾乎要崩決下來的火線上，氣餒而力乏的中國軍，他們的苦鬥似乎只能夠盡一點按捺或控制的作用，他們，從早上兩點起，就開始向灤河以西實行撤退了；夜的翅膀是溫暖的，它偏溺於一種秘密的姑息和防護，使敗殘下來的中國軍，在這嚴重的戰局中取得了安全的退兵線，他們爲着執行長官的命令而設置的最寶貴的機構，也賴以保存……

突然，鎗聲在灤河的岸上發作了。

灤河以西的中國軍，除了大部分遠遠地向望府台方面撤退了以外，全都躲在灤河西岸的掩閉部中；他們用機關鎗向那灤河以東的沙灘上蔓佈着而進行撤退的中國軍射擊，制止他們的接近，掩護一連工兵在灤河橋上施放地雷，爆破灤河的橋樑，因爲這是上官的命令，灤河的橋樑必須在此時立卽加以爆破，要使兇猛的敵人在追襲的途中受了阻遏，而落後在灤河以東的中國軍的殘餘隊伍，無論多少，爲了戰略上的需要，也只好任其犧牲！……

激烈的戰鬥開始了，蔓佈在灤河的沙灘上的中國軍，現在全都臥倒，在沙灘上作着蛇行，接近着橋樑的先頭的部分，受了强烈的機關鎗的掃射，都失去了自制的能力，高舉着的手和手裏握着的鎗起了分解，一個個的倒下了，用杉木和高粱葉莽成的板平的橋樑，他們也不能在上面再作一刻的攀附，都順着橋樑的左右濱進灤河的水中，——但是在後面繼起的隊伍又向着橋樑的這邊實行猛烈的進襲，在他們的後面，還積塞着無數的精悍結實的騎兵，而騎兵的後面，遠遠地和盧龍城相接的黑灰色的一線，也開始了急激的鑽動，晶亮的陽光照耀着他們身上懸掛着的金屬物，至於使牠們發出銳利的閃光，幷且交錯地互相輝映，……他們的進襲是可怕的，在橋樑的一端工作着的一隊工兵，終於給乾淨地掃清了，他們的無數的鎗口都集中在工兵的身上，子彈在空中捲旋着，結成了鐵的急流，像從高處下奔瀉着的流水，冲激着橋樑上的工兵的尸體，使尸體在橋樑上起着跳動，——這當兒，灤河西岸的掩蔽部中，那最活躍的機關槍至少有五架左右，憑着戰鬥所必需的沈着和鎮靜，這些機關槍的射手握有充分的餘裕，而况這射擊的距離是太短了，他們一面使機關槍疾速地發射，一面監視着他們的目的物，甚至還可以叫他們所發射的子彈在每一目的物的身上取得了最平均的分配，——這戰鬥從早上六點起，一直繼續了兩個鐘頭之久。這其間，火線是繼續地展長着，因爲那精悍，結實的騎兵決意把橋樑放棄了，却在進行着渡河，……

兩個鐘頭過後，據望府台軍部所得的報告，灤河以西的隊伍已經確實地執行了把灤河的橋樑爆破的命令。所有的退兵也大部份都集中到望府台方面來了。中國軍在蔓山遍野的潰退着，××飛機的鷹眼遠遠地一望，這一片向來爲他們所熟習的白色發亮的土地，這時候該是發腐而茁發了菌類似的變成黑灰了吧，——那麽，他們的巨量的炸彈可還要毫無顧惜地拋擲下來，爲着克盡掃除的職任。

××飛機炸彈的轟炸是更加猛烈了，這轟炸線似乎決定在望府台附近的周圍，從望府台到野雞陀之綫還是頗爲緊張的，至與陀子頭，就較爲和緩了，——陀子頭兵站的工作人員們，慶幸着這平靜的一天，都跳出了地窿，在中校副官的管束之下，爲着彌補這幾天來的工作上的空白，他們工作的緊張的情形幾乎突破了以往的最高限度。中校副官，憑着他的冷靜而沈着的情緒，他把所有大大小小的工作都注意到了，一個能幹的工作者在對於最繁冗的工作的處理中也保留了極多的餘暇，他興奮地帶着一種暢舒而閒適的樣子，讓背脊比平時稍爲更駝些也不要緊，他是那樣活潑潑地，像一個有着多餘的生活力的小孩子，却一點也不暴躁，不動怒，他總是輕着步子，屏息着，偷偷地繞着那死釘在辦事桌上的工作人員們的背後橫踱而過，連一點嗆咳也沒有，碰見那些難以教育的低能的勤務兵的時候，總是招着手，叫他「來！」一把他帶到另一個處所，嚴厲地訓斥着，

——你的「風紀扣」忘記扣了！

或者指責他們一點關於裹腿打得難看——諸如此類，甚至一點一滴的最細微的事。

今天，一早起來，他照例打電話到望府台軍部參謀處去詢問戰況，不知怎樣，電話總是打不通，但是這件事在他的心中所引起的焦灼是極短的，當然，電話不通可以說是常有的事，只要打發一個通訊兵去巡視一下就行。而北平方面，從無線電傳來的消息，因爲數日來盧龍的中國軍已經正式地對××軍作壯烈的抗

戰，正引起了極大的反響，就是上海，廣州，漢口等處的民衆，也開始了激烈的湧動，全國同胞的視線，正一致對灤東的戰局集注着，——中校副官，他感到了極度的昂奮，在全國民衆的激發和鼓舞中，他深刻地認識了軍人在一國中所佔的位置是怎樣的崇高……趁着胸腔裏的情緒正達到最高點的當兒，他把勞司書叫來了，暢快地吩咐着說，

——給我寫吧！給我寫吧！今天的進軍，你應該有一篇最動人的文章，要把全國民衆對於這一次抗戰所懷抱着的熱望，他們如何壯烈地在呼號應援的情形，都詳細地，動情地轉告我們前線的戰士，對他們作一個最有力的刺激和提醒！中國的軍隊和民衆聯合的可能性，已經在戰鬥的實踐上證實了，——我要特別地指出，第一，××是可怕的嗎？戰爭是必須逃避的嗎？——快些，立即把答案寫下來吧！

——××是不足怕的！戰爭是無需逃避的！

——××的飛機是如何威猛，牠們總是一天到晚的爆炸我們的陣地！在火線上，××的坦克車充分地發揮了牠們的威力；××的大炮，也連日對我們的陣地施行最猛烈的轟擊，——膽怯氣餒的不抵抗主義者們總愛這樣問；我們是憑什麼去抵抗的呀？

勞司書，他的面孔凜肅中帶着愉快的微笑，他是這樣鼓躁地囘答了，

——是的，飛機，大炮，坦克車，凡是足以蹂躪我們，殺戮我們的，××都齊備了！但是我們却用不到這些，我們和××軍的戰鬥只是肉搏！——肉搏！……肉搏所需要的只是一顆熱騰騰的心，殺敵的心，堅强不屈的心！這便是我們所憑藉的武器，——中華民族的勝利和光榮，只有在這上面才給與顯著的證明！

——不錯！對！那麼，你把所有的問題都解答了！你趕快給我寫吧！但是你不要忘記一件事，就是，你應該最好在每一行都提及我們的軍長的名字，因爲他在我們一軍中，是唯一的光榮的標幟！

這樣，在那熱情，虔敬，幾乎近於瘋狂的工作着——中校副官的影響之下，這兵站裏的熱烈而緊張的工作繼續下去，直到退兵的消息傳到之後，那才給澆上了滿頭的冷水，——

傳遞這消息的是軍部的傳令兵，他這天早上八點從望府台出發，到達這裏的時候已經是午後二時左右。

軍部對這裏的兵站正命令着趕快結束，因爲依據軍部的預測，不出兩日，灤河一帶的中國軍的陣地，有被××的飛機炸彈所糜爛的可能，隨着這新局勢的轉變，軍部所預定的防線，已經縮短到通州，……

副官現在敗退下來了，他的白皙的面孔變成灰暗，——他雙手在背後交絆着，低着頸子，在辦公室裏焦灼地，踏着沈重的步子，一來一往的亂踱着，顯得有點踉蹌的身體在那擠得很緊的辦事桌子之間磕磕撞撞，至於把上面的墨盒和紙筆之類也弄翻下來，他的溫暾和藹的樣子完全變了，簡直是非常的暴躁，叫勤務兵的時候，只是短促地一聲，如果聽不見，就不復再叫，却悲苦地帶着尋端肇釁的面孔，總在嚴酷地注意着人家的短處和錯誤。他這樣獨自苦苦地掙扎了幾乎兩個鐘頭之久，最後是果斷地決定了；他騎上了自己的一匹棕色馬，匆匆地向望府台方面疾馳而去。

午後八時三十分，他抵達了軍部。

軍部分駐在好幾座很小的民房裏，爲着避免敵軍的空襲和炮擊，這裏所有的房子都看不到一點火光，只在內層的屋子裏點着洋蠟燭，——軍長的隔壁住着參謀長。參謀長是個高個子，消瘦，蓄着一撮小鬍子，在一張有靠背的木椅上倒躺着，雙手交絆在腦後，面孔朝着屋頂，靜默地避免了所有一切的煩擾，全身一點也不動。中校副官踏進來了，向參謀長舉禮，一付堅硬的黑皮靴發出了極高的音響。參謀長很冷靜，似乎很早就已經覺察那進來的人是誰，却半點也不驚擾自己，對中校副官點頭還禮之後，雙手從後腦上拿了下來，這些動作都顯得格外的沈重，——他淡然地對中校副官詢問着，但是在未詢問之前就已經決定了自己的主意，而副官這時候對他說出了什麼都不會發生任何的意義和作用，——

中校副官於是又見了軍長。

軍長是一個又高大又强壯的中年人，臉很長，像馬的臉一樣，說話的時候，鼻的兩翼在扭動着，這一點和馬更相像。態度很和藹，並且似乎沒有什麼頑固的成見，那情調較之狹窄峭厲的參謀長，的確有很大的差別，——

副官現在用一種最誠懇的態度說，

——沒有一個中國的同胞不對你抱着熱烈的希望，——在盧龍指揮作戰的將軍是誰呢？我們祝禱他不是×××不抵抗主義者的同胞骨肉的兄弟！他憂慮着些什麼？糧食和軍餉，我們是有的，我們幫助他，供應他，甚至連人都可以讓他編入自己的隊伍中去，只要他是勇敢的，他能夠負起保衛民族國家的責任！這決不是一個人的胡說，是全國民衆一致的要求。中國民衆的意志是堅固的，並且中國民衆在國家民族的大事上從來不曾表現過他們的無知和愚蠢，他們有着一致的明確的意識，他們絕對地信賴，並且擁護能夠抵禦外侮的將軍或領袖。……

——你以爲我應該怎樣辦？軍長簡短地問。

——你應該統率所有的部屬在原來的陣地上固守！

——不，我的命令已經下了，從明天起，我們要向通州方面實行撤退。

——我知道了，軍長，憑着我對你始終如一的敬愛和忠誠，請允許我在你的面前提出這個發問。

——儘管說吧，我信賴你。

——我要問你爲什麼退兵的理由！

——嗐，這有什麼，只不過爲着戰略而已。

這當兒，副官痙攣地顫抖起來了；他顯然有着不能遏制的怒火，那是一個忠貞而壯直的人所常有的，——他整個的身體都變態了，眼睛皺成一條狹小的縫，對軍長作着可怕的迫視。

——爲着戰略？戰略？——他的上下唇的牙齒在肘肘的鋸着；——戰略敎你把國家的領土放棄了？（於是暴烈地）這是放屁！這是胡說！

空氣突然地嚴肅起來了。

軍長，他的身體在坐着的行軍牀的邊沿上稍爲倒退了一下，——他拔出了手槍，用銳利的目光沈默地對副官的死灰色的面孔注視了三分鐘之久。

軍長於是厲聲地對着副官怒吼。

——倒退三步！擧手！

就在這當兒，他開槍了，——槍口的紅光在只點燃着一枝洋蠟的灰暗的屋子裏一閃。

副官應着槍聲倒下去。

門外的衛兵都迅急地衝進來了，有三枝手提機關槍對那躺倒着還在掙扎的黑影瞄準，但是軍長卻加以制止。

參謀長跑進來的時候，他問，

——什麼事？

——沒有，軍長冷冷地回答；這左輪壞了，走火！

說着，他蹲了下來，讓副官的上身靠在他的稍爲曲着的大腿上，用電筒檢查副官左胸上染着血污的創口，——他的面孔是沉鬱的，幾乎表示了最虔誠的悲哀和追悔。副官則仰着慘白的臉，睜得圓而且大的雙眼，發射着黃色痛楚的光燄，卻沈默地，堅强地把上下唇緊緊地合閉着，……

就在這個晚上，大約是九點鐘左右，從望府右遠遠地可以望見，盧龍城上突然發現了衝天而起的烟火，隱隱地可以聽見機關槍聲和手溜彈的爆炸聲，更遠一點，大炮的隆隆的聲音也發作了。爲了不能渡河而遺留在盧龍城的中國軍，現在正和××進行着必死的決鬥。

望府台方面，軍部所得的報告却是，

——盧龍城突然有一枝强勁的中國援兵開到了，……

這「援兵」確實是「强勁」得很，經過了一夜的殘酷的掙扎，他們終於擊退了××軍。

當然，軍部所下的退兵命令顯然是一種不必要的過慮；第二天，軍部拍給北平方面報告戰況的電報是這樣說，

——本軍據守灤東一帶，當抱戰死不屈之決心，不使喪失一寸一尺之土地！

騾子

風，你平靜了一點吧！

唉，我養身的故土，我朝夕常見的樹林與原野啊，你們都不許再會了麼？天呀，把這椒辣的灰塵撥開一點吧！然而，那是雲呢？還是落日的光呢？那是星河呢？還是月亮的白臉呢？——生疎，生疎得很！那蒼鬱的，平淡的，是遠遠的山麼？啊，我的歸路在那裏？那永久也無從尋獲的麼？……

等一等吧——等我多喘息一下吧！……等一等呀！……唉，我再也不能喊出更大一點的聲音麼？……

風，你平靜了一點吧！

天呀，把這椒辣的灰塵撥開一點吧！

——哈哈！——這不是石子麼？這不是高粱的莖麼？哈哈！——哈哈！——好的，我試把我的眼睛掩閉了一下吧：啊，都不見了！——我什麼還不曾死去呢？我的眼睛告訴我說：你全身都死了，僅僅死剩一付眼睛！

然而，那是雲呢？還是落日的光呢？那是星河呢？還是月亮的白臉呢？——生疎，我從未見過這些東西，那是覆蓋過我的天麼？……我從窗口探望那天的一角，我記得天是蔚藍而且晶亮的！

好了，我的主人就在這裏了！我的主人，他的手放出醋般的强烈的氣味。

——噫——噫——我已經向右走了；

——噢——噢——他又要我靠近左邊。

——噠，嘟嚕……噠，嘟嚕……他把皮鞭子在地上打得噠噠的發響，好像放火炮的聲音；於是，我疾速地往前飛跑了。——我不是疾速地往前飛跑了麼？

我剛才做了一場夢麼？

唉呀！——唉呀！——痛啊！……我的身體好像被拆散了！

哼，那小孩子的一付奇異的眼睛只管在凝望着我的蹄——是的，我的蹄爲什麼只管在顫抖着呢？

小孩子對他的同伴說，

——你看那騾子的蹄薄得好像一重薄薄的紙！

於是，他拿起他的棍子在我的蹄上輕輕的敲了一下，——呀，我的媽！痛啊！好像一根銅針刺進了我的脚底，我把全身緊縮得發痲了。

——啊，死了，現在就死了！

我隱約聽見孩子們在叫着。

一個拾馬糞的農人，走近我的身邊，用他的小鐵鏟在我的背脊上敲了一下，好像查看一個罈子里面還有沒有東西在裝着似的。

——你見過牠撒屎麼？

他問那小孩子說。

——沒有，小孩子回答；我看過牠流眼淚！

——傻瓜，騾子會流眼淚的麼？

他說騾子是不會流眼淚的！哼，石頭流淚了你還未曾看過呢！——悲慘的日子到了，石頭於你的心目中也會流出眼淚來的！

——不錯，他正在那裏哭呢！

——傻瓜，騾子會哭的麼？那拾馬糞的農人又這樣說；你告訴你的姐姐，叫她不要經過這裏，要是她給騾子碰見了，騾子眞的會大哭起來的。——可是，那不是哭，却是笑；笑的聲音變成哭了：騾子碰見女人的時候，總是這樣叫着的。

說着，他就走開了。遠遠的，我還聽見他在哼着山歌。

我想問問那小孩子：這個人到底是誰呢？

但是，我已經知道了。他於一個拾馬糞的農人。

拾馬糞是最開心的事麼？他眞是找不出半點愁苦的人。

現在，一個穿皮袍的胖子也走近來了。

他的面孔暴脹着，血般的發紅。他剛才是在館子裏喝過了酒麼？是的，他走起路來，總見得他的肚皮比誰的都來得沉重，——他的肚皮至少已經裝下了三斤花卷和兩斤羊肉，那就無怪他是這樣的欣欣然，有喜色啦！

在遠遠的地方，他就詐狂詐笑的對這些小孩子喝着說，

——你們堆在那裏看什麼鳥啊？

於是，他就慢慢的走近來了。——他知道這裏將被遇見的，不過是一隻可笑的騾子麼？

——一隻騾子：

他顯然已經表示他對於這隻騾子施以極度的輕蔑了。

——牠快要死了，連爬起來的力氣都沒有了！

小孩子告訴他說。

——是的，騾子是最善於詐死的；善於詐死的騾子，就是打得皮鞭子斷了，也不會使牠走上一步的。

他雙手在背後交絆着，眼睛瞭望着很遠很遠的地方，——這恰恰是他最開心的時候啦！

——你用手摩一摩牠的鼻子吧！牠的鼻子只管在聳動着。

——那是騾子笑了。騾子笑的時候，總是聳動着他的鼻子的！

他一面說着，一面慢着步子走開了。

——你看牠的蹄吧！牠的蹄，薄得好像一重薄薄的紙！

孩子們必定要他回過頭來看一看這隻可笑的騾子麼？然而，他們就是告訴他比這蹄更奇特的東西吧，那也不足以使他掉轉回來。

那胖子回答他們的話，正好像他們和他的距離一樣，是越去越遠了。——那末，這隻騾子一定病了。這是天下最奇特的病，一萬隻騾子之中至多也不過一隻是患了這種病的；患了這種病的騾子最喜歡跑路，因爲牠要利用路上的砂石來磨掉牠的蹄，牠的病就好了！……

孩子們啊，來吧！讓我們靠近點吧！世界上只有你們是最眞實的人，——你們的眼睛所看的是一隻將死的騾子，所以你們的口裏所說的也是一隻將死的騾子。

孩子們啊，來吧！讓我們靠近點吧！——靠近點呀！……給我伸出一隻手……在我的耳朵撫摸着……唉，我的可憐的耳朵，牠好像枯萎了的高粱葉一樣的低垂！……於是，我囘憶起我的母親，——牠把頸項伸過我的額下，微微的顫抖着牠的全身，發出一種深沈而又近似歎息的聲音……牠的舌頭是多末的溫煖而又柔潤！牠狂烈地舐吮着我的頰，我的額，我的腿以至於我的全身，這樣叫我慢慢的躺倒下來，在一種悵惘而又快慰的——彷彿已深入於沈睡的心境中安息好我全身的任何一部，……於是，我的靈魂以訣別的手指着我說，

——死了！——現在就死了！

我一定死去好久了，好久了，不然，那毒毆我的棍子一定使我立刻就暴跳起來，——

那是另外的一個人。他的身裁是異乎尋常的高而又異乎尋常的消瘦，絕不像我一向在長城以南所見的中國軍或中國軍的敵人；他是從草澤中爬出來的巨蟒麼？他絕不用人的手段來對付騾子，好像他這樣對付騾子的手段就可以看出他不

是一個人。我的主人的朋友，他曾經問我的主人說，

——日本軍來了，他們要把每一個中國人都殺死的麼？

我的主人回答他說，

——日本軍一定不殺死中國人，因爲他們說中國人是騾子，騾子是永久也不至爲人所殺死的。

從此以後，我才知道人是不會把騾子殺死的。

這個人，是恐怕日本軍要殺死他，所以預先來殺死這隻騾子的麼？

——嗟，嘟嚕……嗟，嘟嚕……

他一面用棍子把我毆打，一面對我怒喝着，發出好像北中國的農人慣常用以嚇制騾子的兇惡的聲音。

我已經衰疲得全身麻痺，他毆打我和怒喝我，是必定要我站起身來馱他逃跑的麼？——他的確有點好像準備向遠地逃跑的人，那末，他就非把我毆打死

了，而且也聽不見他怒喝的聲音了不可的！

——嗟，嘟嚕……嗟，嘟嚕……

他怒喝的聲音更加兇狠，我衰疲得痲痺的身，現在也在他惡毒的棍子下顫抖起來了。

——哦——哦——哦——哦……

這是我哀哭的聲音麼？我的耳朵，還能夠十分清楚的聽見着。但是，我的哀哭的聲音也漸漸的低微了。

我聽見他在問那旁邊的小孩子說，

——這隻騾子的主人是誰呢？

——誰都不是他的主人，小孩子囘答他說；那是前天從這裏敗退的中國軍丟下來的。

——中國軍沒有馬麼？他們爲什麼騎騾子和日本軍打仗呢？……我細細的看一看他的面孔，但是，我認不清楚，他是怎麼樣的一個人呢？他比較那當騾子作馬認的人僅僅是聰明了一點！

——騾子在軍隊中不是用來騎着打仗的，是用來拉重車運載給養的。

不錯，那小孩子眞的囘答得十二分的對啦！

——那末，供人乘坐的騾子又是那一種呢？……我更細細的看一看他的面孔，他眞的是這樣百無一知的麼？這使我越發認不清楚了！

——在軍隊中拉重車的騾子，原來就是供人乘坐的騾子。

那眞實無僞的小孩子，把他所必須知道的都一一的告訴他了。

——那末，我現在就乘坐這隻騾子好了！……這隻騾子，能夠走多少遠的路呢？

——未知你要牠走多少遠的路呀！

那小孩子的眼，閃耀着智慧的光燄，他能夠以最聰穎的語言去譏笑那冥頑，卑拙而冒充人類的兩脚獸——而且，他顯然已經對他施以極嚴厲的責罰，責罰他爲什麽對這將爲憔勞而死的騾子，還問牠能夠走多少遠的路程。

——我從密雲到這裏，現在要從這裏到承德，大約是一百八十里的路程。

——密雲是中國軍的，承德是日本軍的；你從中國軍那邊逃到日本軍那邊去的麽？——你是不是我們的中國人？

——軍隊叫做「中國軍」或「日本軍」，這在我們是沒有什麽分別的，軍隊能不能打勝仗，能不能保護百姓與維持治安，那倒有極大的分別。日本軍把中國軍打敗了，日本軍能保護百姓與維持治安，而中國軍則不能，我們逃難的人要逃到中國軍那邊去呢？還是逃到日本軍那邊去呢？——而且，乖覺的小孩子呀！我是中國人不是中國人這一點怎麽能夠給你懂得透呢！……哼，我不但是一個中國人，而且是一個管理中國人的中國官吏，——儘教你多認識一個人吧：我是密

——曾縣第一區的區長呢！

我一定死去好久了，好久了，不然，那猛擊我的石頭，一定使我立刻就暴跳起來。

……這是誰的騾子呢？牠一定患了病了，——是的，牠的蹄，消削得好像一重薄紙，……但是，這裏已經起了一種謠傳：這隻騾子爲什麼而致於死，是不會爲人們所了解的；人們對於自己所不了解的東西總是說牠瘋狂，——我已經被認爲一隻瘋狂的騾子了。有兩個惡漢，手裏正握着石頭在窺伺我說，

——牠現在詐死。等一等，牠就要一躍而起，——瘋狂的騾子也未見得馴服於兇狠的狠，——準對着牠的額吧，我要猛擲牠一個石頭，……於是，一個高舉他那握着石頭的手，——

——砰！

……呀，我的媽！……我的眼睛冒出火焰，我的頸項顫抖得好像彈簧；死了，這下子就眞的死了！我竭盡全生的力來忍受死亡的痛苦，——痛苦啊！我忍受痛苦的牙齒交碰得幾乎碎裂了！

然而，死亡絕對不是暈沈，死亡寓有最淸楚最靈敏的感覺，——死亡的痛苦於我的感覺竟是這麼顯明而不模糊。

我聽見一種謔笑的聲音說，

——哈哈，現在連叫也不會叫出一聲麼？

殘暴的人在施行格殺的時候，不一定是出於某種仇恨的。騾子終於爲人所殺死了，然而，騾子於人，却從未有被仇恨。於是，我以顫抖的聲音哀叫起來，

——人啊！騾子啊！……日本人啊！中國人啊！

中國人雖然做了日本人的騾子，却沒有騾子的耳朶；沒有騾子的耳朶，就聽不出騾子的聲音。那兩個惡漢，他們以無知的眼睜着我說，

——哼，你在譏笑我們還未曾把你擊死麼？

——是的，馴服終竟是殘暴的解說者；騾子終竟也必至於爲人所擊死的！

慈善家

當太陽高照着的當兒，——慈善家，那老頭子吃完了他的快活的中飯，想着第一個兒子在遠地的軍隊里從一個錄事升上了軍需，不是的吧，也許是一個書記，——而第二的兒子是比那第一個當書記的還要堅定些，總之，就是問一問他的第三的兒子也好，都已經長大了，而且恰恰是有了成就。……這時候，南風兒夾帶着新的禾苗的氣息，悠悠地向他的身上吹來，將他的剛剛爲了吃飯而把熱度升高了的身體揉拂得一片涼爽。他也不氣惱，平心靜氣地駡了一聲兩聲他的短工，幷且對於那個曾經借過了他的錢後來卻反而比他站得更高的一個叫做什麼的賭鬼，也懷下了深深的仇恨，於是把兒媳婦們或輕或重的分別教訓了一頓。

他的屋子位置在這村莊的南邊，是一座舊的但是好些重要的部份都已經一步步修整了的半新的矮屋子，在這個小小的村莊裏，這矮屋子短暫地答應着對別的許多屋子的友好，好像說，你們是多麼的寒酸呀，不過，我也一樣！而牠的主人，那老頭子的氣態和牠正也有所吻合。他曲着背，肩膀後面的故舊的筋肉高高的起着脊棱，作着什麽都受着極度的追迫或阻害的無可奈何的怪樣子。但是另一面，他要呼吸得比這村莊裏所有一切的人們都舒暢些，——當他從那矮屋子的門口蹿了出來的時候，他爲了肚子裏剛才多受了一番消磨，週身正衰疲得像一隻將死的狗，那末，他的心裏究竟懷着多少碎碎屑屑的奸計，自己也樂得由它一團蒙糊。這時候，許多的小孩子，牽着他們的牛——這些一輩子不惜得祖先的來蹤和自身的去路的畜牲們，生活在一個最毒的殺身的鬼計裏面，卻估據了人類所有的空間，把兩片堅硬的蹄子在那石砌的路上踏得比誰的脚步都要響些。這一隊行列從他的身邊經過了，他的心裏給震驚了一下，這震驚，一忽兒便過去了。那一下子給裝滿了强暴的蹄聲的耳管，正又開始了受着別的搔擾。——

孩子們嘈嚷起來了，他們問他要不要鳥兒，那末他就順口應答了他們，這語氣兒惡，厭煩或者虛假——不過這些都不必加以聞問。

「你們有鳥兒嗎？」

他並且還要對孩子們反詰着。

「多得很呀！」孩子們爽快地回答；「明天吧，明天就有了！」

孩子們把牛牽到不遠的草埔上，放縱了這班牲畜，於是一齊地集中到附近的樹林裏去。

這樹林裏突然罩上了嚴重緊張的空氣，開始響出了一片恐怖的噪音，那綠葉子縮瑟地顫抖起來，終於搖動了全部的樹梢。孩子們的迫切勇猛的企圖，窮盡了所有的效率，圍攻着這樹林裏所有的新鮮活潑的生靈，結果，他們捉得了一隻斑鳩，而這斑鳩的生命的留存，却不能不陪襯着巨大的震驚，損害和傷亡。

那最初墜入了可悲的窮途的，是一隻純良，樸質的白頭翁——牠的身子很肥胖，披着黑灰色的毛羽，卻貴重在那毛羽的端末襯着淺藍色的纖絨，兩隻小小的脚兒是紅色而且透明，像蔴的又纖細又精巧的葉柄，頭上載着粉白的帽子，黑眼兒的邊緣，像女人所有的首飾，嵌着一線薄而貴重的黃金。牠所站立的地點要選定在那最細的樹枝上面，突着那白色的豐滿的胸脯，學着一個有教養——但是幷不能把青春完全地拋棄了的少婦之所爲，到了一個空寂無聲的場所，不免要做出了一點破壞格調的令人愛悅的舉動。牠於是吱吱的叫了起來，那襯着淺藍色的纖絨的毛羽，每一片的尖端上都輕微地起着顫抖，這顫抖在最快的一忽中就達到了最高的次數。牠的聲音是那樣的宏亮而且成熟，和牠的幷未衰老的年紀似乎有點不相稱，牠的體態卻又是太輕巧了，像一位笨重肥胖的太太，遇到了非跳躍一下子不可的當兒，她得證實，這種種的含有着人生的深奧的意義的一切，要是令人驚異，那才是一段不可理解的奇聞。……這裏，有一個小孩子，正是那孩子們中的一個，他的面孔給太陽焙炙得像一塊黑炭，完全喪失了人類爲一切的感覺所喚起的表情，他體格雄健，穿着浜海的漁民們所愛穿的自行染製的赤色可怕的怪衣服，這是一個奇特的有意做成的軀殼，這軀殼裏躲着的靈魂，總之幷不比別的靈魂怎樣的不奸狡或者蠢笨，在那額角下開着的兩個黑洞子——這裏正透出了一雙敏銳莫測的黑瞳。他躡足輕步的走上去，人類對於自然，果然是取着殘酷無情的戰鬥的形勢，一種獵獲品所加於戰勝者的益處，正如盈篇纍帙的史書的所載，是那樣的廣博，高深而且巧妙。——這時候，小孩子正張開了一付短弓，把箭尖對着那一片羽毛和這一片羽毛之間的淺藍色的纖絨，那小靈魂必須用了一點小小的機警，使這人類征服自然的前哨，多受了幾次的折磨，養成了更可驚的勇猛。——牠似乎得到了一種啓示，覺察了一種陰謀的暗襲，於是匆促地逃逸了，從那一條輕嫩的細枝逃過了這一條，帶着那溫暖地給包裹在那豐富的毛羽中的靈魂；當牠偶一回過頭來向着小孩子的箭尖窺望的當兒，小孩子的晶亮的黑瞳兒正發射着銳利可怕的兇燄，而別的許多的孩子們，正也一樣忙碌地在追尋着他們各自的目的物，嚴肅地學着兵隊的沉默，取着縱橫交錯的不同的方向，幾乎要和他互相碰擁——那白頭鶖的影子突然在他的黑瞳裏擴大起來，牠伸着頸兒，張開了那黑灰色的翅膀，……小孩子颼的把一箭發射了，不偏不欹，這一箭正貫穿了牠的蓋着白色毛衣的胸膛！

從另一方向出發，另一個小孩子的勇猛和殘暴，正也在這時達到了最高點。這小孩子所追襲的是一隻比那白頭鶖更加美麗的小鳥，牠巍然地站立在一棵松樹的向下低垂的枒枝上，身子是比那白頭鶖要來得高貴而且清瘦，頭上載着尖頂的貴重的冠冕，有一付赭褐色的嘴，那嵌在眼睛的邊緣上的是一線碧綠的絨毛，牠的背上的毛羽是作着艷麗的靑色，其中還繪着赤色的斑紋，像一隻從遠海飄來的從未看到的貝類，——這是一個僞造的從一種幻想中取得模倣的無靈魂的物品，就是毫無自主地墜入了一種殺身的災難，也要在這一種聖潔的愛護中留存了晶瑩的軀殼，……注意着，一個不留神，就要把這晶瑩的軀殼碰個粉碎！牠神秘地察看着四週，嘴裏唧唧的叫着，像受了一種魔術的束縛和驅使，牠要悄悄地向誰人的面前訴說，請求着給與一些憐憫，要不然，牠的神態越發美麗，而牠的必將到臨的厄運，就越發無從挽救。這是一種火的燃燒的極端短暫的過程，手也不能把捉，情意也不能叫牠多所停留。這時候，牠彷彿得到了一種啓示，覺察了一種詭計的暗襲，牠的晶亮的黑瞳裏必定起了一種沉鬱的陰影，——不過，這一切都是死滅以後的記錄，牠不能樣樣都單憑自己的感覺去理解；一種殺身的暴力的來襲，最初就必先叫牠的智慧上了枷鎖，就是要張着嘴高喊，也難以突出這精巧的非戰鬥的手法不能消解的重圍。……小孩子正從不遠的地方窺伺着牠，而他的手裏所握着的是一顆鵝蛋大小的石子，可憐他的技藝還脫不了原始的簡單的方式，要想把牠活活地捉在手裏，當作一個活的寶物，那未免是一件過於優美的企圖。他一舉手，投出了那鵝蛋大小的石子，那近於幻想的華貴的鳥兒從那高高的松樹上跌落塵埃，牠的小小的脚兒還在死命地抽搐着，但是那貴重而脆弱的翅膀——

這之間，第三個孩子對於一隻小靈魂所暗懷着的毒計也正在施行，這是另外的一隻，幷不比以前的……有着那麼艷麗華貴的毛羽；牠容貌醜陋，顏色單純，像一個不帶衣物的無賴者，卻同樣的令人注目。牠有着豪爽的氣態，靈巧的唇舌，不但唱着自己的俚歌，而且學着鷹的呼嘯，狠的號啕，——牠是那樣的活潑，生動，在那叢密的濃蔭裏流竄不歇，彷彿是這座樹林的脈膊，有了牠，這座樹林將透出那沉鬱壓抑的氣息，要在那廣漠荒涼的原野裏建立了音響盈耳的熱鬧的世界，使一些潔身自愛的寄生者們也要承認自己幷不是和一切的醜惡絕然無關；到了他們也作爲一種材料，和別的舊有的材料一起，在生物界的語言中讓人喋喋不休的當兒，究竟那一方應受無情的鄙薄，恐怕其中揭發這或辯護那的憑證，也就不大有用！……小孩子正用了比別人不同的堅毅，捨不得把這可愛的獵取物一下放棄，他對於那流竄不定，不使捕捉的小靈魂也不覺得厭倦，還是緊緊的在牠的背後尾隨着，在那縱橫交錯的樹枝的密條裏，他發瘋了似的紆迴曲折的亂撞亂碰，——忽而北，忽而南，忽而西，忽而東；把這東西南北的方向攪動得無所憑擇，而那不幸的小鳥，恐怕也正在這時候，感覺着心裏不很清爽，有點糊混。——小孩子的緊張的情緒突然停止，像一條中斷的繩子，爲着加上了最後的一點重量，……這是第三幕的慘劇的終止，那小靈魂猛然碰在一枝橫斜着的樹枝上面，撲的一聲落下了，牠張開着那黃色的像苦竹兒一般佈滿着斑點的嘴，一絲絲吐出了些兒的鮮血，些兒的白沫。

現在這座樹林已經墜入了巨深的恐怖，塗上了一重極濃的悲慘，小鳥們除了那遇害的幾隻，其餘的負傷，飽受了驚慌，拆散了溫暖的家室，破滅了居處的安甯，惶亂地逃到別處去的，正開不出這一筆糊塗賬！

但是在這樹林裏的另一個角落裏，有一隻逸樂，怠惰，連自己的家也不願蓋好，帶着滿頸子的紅紅綠綠的珠寶，鎮日裏「嘓咕——嘓咕」啼着的斑鳩，卻靜悄悄坐享了這樹林裏的許多悲慘的史事中所支付的代價——牠彷彿聽見了一聲聲的震盪心靈的啼叫，那是富有着攫奪或誘致的功能的異性的蠱惑，一首長音節的抑揚不定的短歌，它播送着一種幸運的來臨，要使柔情的屈服者依據着空氣裏的每一個小環的結集，向着那隱約，漂渺的處所漸漸地追溯到底，猶如鋼鐵之於磁石，那唯一的方向，無非是要消滅兩者間的距離。——在那不遠的地方，牠發見了，那是一個銅絲編成的奇異的籠子，它懸掛在一條並不怎樣高的胡桃樹的枒枝上，爲別一個孩子所看守，……那籠子的裏面，住着一隻年少美麗的斑鳩，牠依然一嘓咕——嘓咕—的啼叫着，那帶着華麗的珠寶的頸兒一伸一縮，圓而豐滿的下身作着一種令人睿惑的舞動，似乎是不斷地對着那可憐的冒失鬼下以警告：凡事不再三思維，失足是自己的過錯，也只好自作自受。但是那熱情高漲的來者所聽得的卻幷不是這，這裏本來就失去了明顯的因果性，胆怯而虛僞的色情者對於他的對手就常常愛說：我承認了自己所走的是可怕的歧途，然而使我走入了這歧途的卻是你的責任！——這裏的時間不能有一刻的延緩，那匆匆的來者一踏上了那籠子的門口，觸動了機關，撲的一聲，就給關進了那籠子的裏面。

第二天，在村莊的南邊的矮屋子的門口那邊，這裏是那舒暢地生活下去的老頭子，而對面，正又是昨天和他相碰的那些看牛的小孩，此外就是那一隻活的斑鳩。——老頭子交給那帶着斑鳩的小孩三個銅板，似乎還對他讚揚了一頓，於是把斑鳩接在手裏，高舉着，一縱——那斑鳩像聽受了一道尊貴的命令的打發，揚長的飛去了，牠不知什麽時候會覺得精力的疲憊呢——牠的背上正蘗積着巨深的恐怖和笨重可悲的運命！

老頭子於是怪聲地笑了，拍着手，未必剛才染上了塵土，現在拍一拍，就又變成了潔淨！

孩子們嘈嚷起來了，他們依照着以往的口吻，問他要不要鳥兒，——

「喔，還有——？」他驚異着。

「多得很呀，」孩子們爽快地回答；「明天吧，明天就有了！」

朋友之間

這隻船，滿載着梧州的鴨子，——千百隻鴨子的身上同一地發散着鴨腥，不管船開得怎樣快，從窗口刮過的風有多大，這鴨腥，——是一種多麼濃烈的氣體啊！——我疑心它是一種極厚的烟霧，把這隻小小的船的全部都包裹住了，我用手帕子塞着鼻官，一點也沒有效果，我是把整個的身體沉沒在這可怕的令人顫抖的氣體裏面，在裏面呼吸着；我忍耐着，打着寒噤，在聽着這千百隻的鴨子——爲着不耐那船的震盪——也許是太擠的緣故吧——在竹製的龐大的籠裏，鼓着膀子，發出來卡卡的聲音，我意識着，一些黏附在鴨毛上的微小的白屑都飛起來了，和混在我一呼一吸的空氣裏，——一片極小的鴨毛，不幸鑽進了肺管，它將是怎樣的富有黏性的東西啊，想到這裏，我不能不緊緊地用雙手扼住了自己的喉嚨，我簡直要窒息而死了！

我走出艙門，把身子靠着船舷的欄杆，望着江邊的紅的土壤，碧草和綠樹，在禱祝着那流溢而新鮮的清風的來臨，——不幸，底層的船艙裏的鴨子，比放在船頭的甲板上的還要多，這裏有一股熱氣升騰起來，我立刻意識到鴨子的特殊的高度的體溫，——我索性停止呼吸，至于五十秒鐘之久，但是這可怕的濃烈的氣體竟然生起爪來了，輕輕地——它簡直是有意作弄着我呵——搔着我的喉頭，我禁不住了，迸出了一陣咳嗽，眼眶裏已經擠出了眼淚，却還有更不幸的事，我竟然大大的嘔吐出來！

從下半三點鐘起我每一分，每一秒，繼續不斷的受着這可怕的鴨腥的折磨，四點三十分，船起了錨，離開了梧州，向着三水行駛，至於抵達三水——那時候大概已經是午夜一時了。在這九個鐘頭的時間裏，我蒙受了這意外的不幸，簡直在船上病倒了，——而當我昏迷了下來的時候，我的朋友——一個剛剛在船上認識的廣西青年，他聽見我從睡夢中哼出了悲慘的呻吟……

他也許是從都城下船的吧？不然，爲什麼船從梧州起錨的時候，我卻不曾看到他的影子呢？而况他所定的牀位，正是我近邊的一個。

他把一隻手在我的肩膀上撫按了一下，繼而又把我輕輕地搖感着，哀憐地對我說，

——年輕的朋友呵，你感覺着身上所受的痛楚麼，然而你忍耐些吧！……

這柔和而愷切的聲音，帶着令人追慕的餘韻，盪漾在我的酸楚而悲涼的夢境中，——這也許是我夢中的感覺的訛誤吧，當我醒來之後，一看到他的粗鄙而醜野的樣子，我就不相信從他的嘴裏發出的聲音，是這樣的愷切，這樣的柔和！

我問他說，

——這已經是什麼地方了呀？

——我想是德慶了！他答。

——德慶離三水有多遠呢？

——大概是兩個鐘頭的水路吧！——你怎樣了……病嗎？

我定睛一看，他的樣子不但是這樣的粗鄙而醜野，簡直是一個愚陋無知的村夫，而他的聲音却比之從夢裏所聽的還要親摯，還要誠懇，至於使我疑心發出這聲音的又是另一個人。

他穿着廣西所特有的墨水色的制服，從這制服看去，不是學生，就是公務人員，不是公務人員，就是學校裏的敎師。他的頭上還蓄着短髮，廣西的軍人都是光頭的，而況軍人所穿的制服又是另外的一種，他不是一個軍人，是可以判定的。

現在他坐在他的牀位上，背脊靠着船艙的木牆，微弱的電燈光，昏黃地照着他略爲禿了髮毛的頭額，從這類似中年人的頭看去，他應該離開了年青活潑的學生生活已經很久，——他的四方而板平的臉孔又是那樣的深沉而且純樸，除了學校裏的教師之外，他似乎該是更加耐人尋味的另一種人。

這已經是深夜的時候了，流蕩在江上的空氣，比之白天該是迥然不同的瞭冷，就這樣，鴨腥的氣味也稍爲退減了，晴亮的天空顯現在窗外，無數的星兒，閃耀着金光，毫不紛亂地各自謹守着固定的位置。岸上的山巒和樹林全都混失在迷濛的夜中，兩岸的景物是靜止而熟睡了，只有輪船，在那寂然無聲的江上，還是醜野地作着「貢隆貢隆」的吼叫，衝破了平靜的江水，至於掀起了浪濤，浪濤久久不歇地搏擊着江的兩岸。

我乏力的身子彷彿得到了一種安慰，精神也似乎稍稍恢復了固有的强健。

他似乎正在看着一本書，忽然又把手裏的書放下了，從枕邊拖出了一個很小的木箱，這木箱裏裝着的不是什麼異樣的東西，有好幾粒荔枝給拿出來了，他丟給我三粒，自己却吃了一粒，顯然這是特意地尊敬我的表示。

我一面吃着荔枝，一面伸出一隻手，請他借給我剛才所看的那本書。

我把那本書翻了翻；書皮是自己重新訂的，也沒有題字，看不出書名，而裏面，石印的小字，繪着各種不同的掌紋以及人面孔的圖形，我領悟來，低聲說叫着，

——呵，原來是一本星相……

這時候，他覺察我的枕邊也放着一本書，就用他的書作爲交換似的，把我的書也借了去。而他的態度，依然是這樣的眞摯而且愷切，使我疑心他是一個同窗的老友，直到我那本書的封面上「契果夫短篇集」幾個字映進了他的眼簾之後，他還是作着相得無間的共同砌磋的態度，一頁一頁的翻下去。

我想對他發出一點問語，又恐怕這樣一來，要把我和他之間的友誼的平衡破壞了——與其如此，我還是在這裏保留着更多的空白好吧，而況我的耳管，這時候正爲另外的一種聲音所吸引，……

——這囘的水可眞太大了！有許多椅子，門板，杉舖裏的杉木，——甚至屋

頂都冲了下來！

——哼，屋頂，……還有死尸呀！我曾經在一天之內，看到這江上一連浮下了七架，五個男的兩個女的，像皮鼓一樣，太陽在上面晒出血來，看來是新油的門板一樣的紅！

——車大炮，你看得這樣準呵！……是男是女！

——唉，孩子，我吃的鹽多過於你吃的米，什麽光景都看過了，——女的仰着臉，男的却向下覆着，這是天地間的定理，我是中國人，沒有工夫來一個獨創，——鬼知道爲什麽他們要如此呢！……

在作着這樣的談話的，一個是黑臉的老兵，一個是學生模樣的青年，從他們說話的音調上可以聽出來，前一個是廣東，而後一個却是廣西。這個老兵，我很愛他——在語氣之間——那種急促而沈着的調子，他的累積的年紀，已經變成了僵硬的地層，裏面正不知埋藏着多少難以發見的寶物，也難怪他這樣的倔强，在對於那孩子的教訓中，他處處留存着短短的耐人思索的靜默，間或低聲地嘆息着，而意外的是，每當那年輕人在他的面前用一種輕薄而無知的態度，雜亂無章地在發着無謂的詰語的時候，他是一點也不暴躁，却溫和地像一個父親在教訓他所愛悅的兒子——的確，如果我的父親對於兒子能夠有着這樣的確當的態度，我應該不會直到現在還沒有半點成就的吧！……

我因為過分地在注意着這個有意義的人物，暫時忘記了鴨腥的煩擾，也忽視了這個新認識的朋友的存在，——我實在乏力極了，叨上帝的光，這時候正應該讓我好好地歇息一下子！直到船抵三水，我的朋友才把我搖醒了來。

——喂，這本書交還你吧，他說。

——這本書也交還你吧！

我說。於是一本星相學和他換回了契果夫——而在我們的彼此之間，始終是保留着一種值得寶貴的融和。

船在三水靠岸了，這時候離早車開行的時間還是很長，我們在江邊的一間食物館裏歇息下來，船上的腥腥既然遠離了我，這應該是我恢復康健的時候了。我提議說，

——我們吃一碗粥吧，因爲我的肚子實在太餓。

——吃一碗粥，他在應和着。

但他對於吃粥似乎不很滿足，竟提議要喝酒。而他這個提議却又得了我的附和。

——好吧！——我們喝一杯吧！這樣齊聲地說着，各都把着溫存的笑臉，一種高度的互相信賴的友誼，在空氣裏湯漾。

——你們貴省很好，我說着，一面和他作着對酌；我未到貴省之前，就很羨慕了！

——那裏，那裏！他謙讓了一番；我們敝省的人，別的倒沒有什麼，只是胆

子很好，愛打仗，好幾個軍事將領，論到氣節，都相當的高，比方白崇禧，他確實生得漂亮，鼻子尖尖的，雙眼也很秀利，他的臉，應該比他的太太還漂亮得多吧，你看他的上下唇，都映着一種朝氣，牙齒是潔淨極了，我疑心他在這最近一月來才交了好運，像這樣的好運的確不常有，而他是……幾乎一生一世都是……

他的面孔是這樣的嚴肅而且深沉，我很愛他這種態度，這種態度在近年來的中國人似乎不多有，——我有許多朋友特別從這一點表現出他們的缺陷，他們都同樣的過於愛笑了，把一切從堅實的土壤上反映出來的現實都看作一種戲玩，這樣的笑臉，一和他那堅定嚴肅的態度相比，就顯出他們的淺薄和輕浮。

那末我說，

——從柳州到慶遠這條路，你走過了吧？這裏有許多石山，是好極了！那樣的黑，那樣的不高不低，……嘎嘎，我還看到有許多樹，是穿着裨子的呢！……廣西有一種鹽，呢，我忘記它出產在什麼地方，——據說龍州有這麼的一個山岡，上面長着靑松，倒沒有什麼，而底下，哈，那是好極了！這裏有一條龍，一到天上現着紅雲，——而這岡的對面，有一座高山，如果這高山的尖峯上，有一片黑雲，作着我們平常在外海所見的「翹頭船」的樣子，在覆蓋着，這時候，牠就噴起火來了！

——據說百色方面，有許多女人的頸都變得很大，下巴的底下簡直像塘鵝一樣掛着一口很大的袋子，在街道上看來看去都是這些袋子，間或有幾個還沒有掛袋子的，似乎顯得不漂亮起來了！——那又是怎樣的呢？

這尾末的一句，我幷沒有存心要詰問詰問他一下，只是因爲覺得混身是輕鬆而且爽快得很，這是我逃出了那「鴨船」之後最初得到的快樂，我應該趁着這機會，舒舒服服的呼出一口長氣！

於是他說，

——請呵，這油雞還不壞，不要客氣！

——很好，很好！……我應和着，盡情暢意的大嚼了一頓。

結賬的時候，他搶着要出錢，我覺得我們之間正有一種超越一切的友誼存在，也用不着什麼客氣，——離開那食物館的時候，他搶着要替我拿皮篋子，我也伸手去摸一摸他的小木箱，——我非常冷靜，指頭到處，似乎覺得這小木箱的木板并沒有刨得很滑，有點粗硬，……結果是他把兩個都拿了，那末，趁着黑夜走過三水的街道，於我還是不慣練得很，我就跟着我的朋友的背後走吧——！我應該處處都接受着他的指引，而況我對他這樣的信賴，我和他——這兩者間的靈魂，自始至終是這樣的靠近着，似乎還不曾有過寸步的分離！

他一路是這樣的愛護着我，幾乎做了我的義務的保護人。我們到了車站，天還沒有亮，距開車的時候還早，他明白這車站的門口并沒有關閘，叫我先走進車廂裏的靠椅上去躺一下，等一等，他自然會替我買車票。我一一都照他的指點做了，——從三水到廣州西濠口的火車記得是九角五分的車費，我交給他一塊錢，而他是客氣得很，把五分找回給我。

搭了西濠口的駁艇，在廣州長堤靠岸的時候，看看手上的表已交了九點一刻，他問我——到香港的早車已經開行了，還是趁下午一點卅分的快車吧，但這開車之前的時間要怎樣的消遣呢？這使我眞的有點茫然。

但他又告訴我，

——你跟着我到南華旅店去吧！我要在這旅店裏住一個晚上，那末你在我的房間裏一歇不好嗎？

我的歸心如箭，不知怎樣，稍爲有一點不如意的事就以爲遇到一種很大的折磨，一時心情非常麻亂，不能很快地就作個決斷，——不想我的好友，他已經挽着（他自己的和我的）兩個箱子，向碼頭右邊的街道上拔足而走，一面轉回頭招呼着我，

——來吧！南華旅店倒很近，這裏拐一個彎就是了！

我無靈魂地跟着他走，但他體貼我太慇懃，很快的就覺察了我心中的不如意，却不肯隨時就揭發我，而他對我的態度，是更加熱烈了。到了旅店，他叫茶房打水給我洗臉，又親自斟給我一杯熱茶，還懇切地安慰着我，問我的肚子餓不餓。就這樣，他的誠摯的友誼抓住了我的遊離不定的心，我的情緒隨即又從那疲乏之鬆懈的狀態中緊張起來，我覺得在我的旅途中有着這樣的令人眷戀的朋友，即使我的歸心眞的像箭一樣已經射進了我遠方的家門，然而這留存在後面的，也並不是一種空虛……

我們在長堤上胡亂的逛了一番，反正是爲着消磨時間，那邊望望，這邊看看，——我爲着要答謝他一路對我的好意，帶他進一個小小的菜館裏去吃了一餐，但他對於這一飡，似乎幷沒有感覺多大的興味，飯還沒有完，他就催促着，要我跟着他走，——這時候，我記得我們的話語是逐漸的從低下趨向高層，並且涉及了數學和外國文的諸問題，這樣的問題，他似乎幷不怎樣拒絕，這其間，我常常不自覺地暴露了自己的淺見和其他各種的短處，而他却總是保持着一種嚴肅的監視的態度，結果，我雖然偶一有所發問，也無非是反詰着自己……

——現在就走吧！他說；我還想帶你到一位朋友那邊去。

我毫無異議地跟着他走，這些街道我還不怎麼熟，也沒有法子記得淸，我忘記這個地方叫做什麼名字，——

——就在這裏，他指給我一個幷不怎麼高的三層樓，有一個直而瘦長的小招牌，分明是一所燈膏代售處；我們上去吧！他走近樓梯口那邊，回轉頭對我招着手。

我吃了一驚，在距離着他半丈遠的地方立定下來，——這時候，我的臉色是變成怎樣的呢？我對他笑了笑，可惜得很，這樣的一種不自然的表情，竟然破壞了我們彼此之間的友誼的平衡，從這一刹那起，在他的面前，我再也爬不上更高的位置；我簡直變成了一個胆怯的小孩子，還未向前，就計算着怎樣逃避，……

——我不上去！我不上去，我對他叫着，用着赤裸裸的毫無掩飾的絕對否認的態度，也不想這樣一來，我和他之間要斷了那可貴的友誼。

他稍爲對我笑了笑，那嚴肅而深沈的態度是毫無變動，從這裏，我窺探出他的一種無視一切的泰然的胸襟，並且因爲我覺得和他過於迫近的緣故，他的身子是變得如何的壯大而雄偉呵！這的確是我的靈魂的致命傷：一置身於仇敵之前，我總是忘記了自己的尊貴，而蔑視了自己，……

我顫抖着嗓子問他說，

——你吃……吃……吃鴉片？

——這有什麼！他坦然地回答；出外人，這樣的事，誰也免不了，如果你不喜歡吃，就在旁看一看也好！

——但是我要囘去了。

——時候還早得很呀，——

——我還要找一個朋友。

——你的朋友在那裏？

——東堤。

——那末我跟你去！

他抱着對我始終如一的態度，對我的疑神疑鬼的自作聰明的態度是絕不置問，而他的堅定的聲音，在我的惶惑不定的心裏也確實能夠企立了一種永遠不變的信義，他於是在我的身邊立定下來，表示他除了聽從我的意思之外，別無成見，而我究竟是要走向那裏去，也只好聽隨尊便！

這種偉大的包容一切的態度，實在使我感覺着大大的驚異，——至於我，不幸得很，是這樣的窘惑而且亂忙，像一塊打碎了的玻璃，無論怎樣補救也不能如意！

——算了吧！算了吧！我想。

我於是僱了一架特士，和他坐着一同囘南華旅店去，我坐在車裏，看着他很快的跳下去，到他的房子裏拿囘了我的小皮篋，熱烈地和我握手。

——再會！我淒咽地說。

——再會！

特士轉了頭向着大沙頭方面駛去了，——我囘頭一望，我的朋友還愷切地對我遠遠地揚着手。

白馬的騎者

謝金星當了馬伕不久，有一天，副官長在司令部門口的廣場上嚴厲地大聲地叫了，

——馬伕！——馬伕！……

副官長的面孔驕傲地向着天空，向着屋頂，像發出了一個最單純，最容易懂的符號一樣，這聲音是正確，毫不誇張，而且一點疑問也沒有。

這聲音猛然地在對面的馬棚那邊起着劇烈的震盪，把馬棚裏的好幾匹又矮又瘦的劣馬都嚇得身上的毛一根根像海胆般的直刺起來。

謝金星當着猛烈的陽光，把那肥大，臃腫，輪廓不明的面孔縮成了一大塊，扁平的鼻子羞澀地藏匿在更低凹的地方，——他這個黑灰色的影子從一個墻角邊

遲鈍地爬了出來，喉嚨裏獨自個在咕嚕着，

——他……可不是在叫我？

一個年紀幼小，面目清秀的小兵，看着謝金星這般如癡如夢的怪樣子，覺得又好笑又驚異，一面避開了副官長的注意，一面用銳利的目光迫射着謝金星的面孔，几乎是毫不憐惜地對謝金星的頸子砍下了一斧似的嚴重地說，

——哼，叫你，還不去，……丟那媽，等一等就槍斃你！

謝金星像一隻熊似的帶着低劣而沈重的黑灰色的影子，走到副官長這邊來了，這時候，他的面孔泛出了婦人一樣的柔順的笑，笑得很久，嘴巴張得闊闊地，連額上也起着疙瘩，——就這樣，他驚慌得卜卜地跳着的胸脯才有法子讓它平靜下來，驚慌也就減少了好一些，那麼即使副官長現在用皮靴尖踢他的屁股，或者用別的更利害的手法來淩遲他，彷彿那對於他都沒有什麼不可以似的。

副官長是一個出色，有教養，毫無缺點的男子，他體格雄偉，面貌莊嚴，所

有一切的舉止，動作都和操場上的一無二樣，——他決不看輕自己，就連對別的人甚至王八蛋一類的傢伙也決不看輕，如果他們一旦做了他自己的部下的話。比方那個庶務副官，肥胖，狡猾，面是扁的，走起來像鴨子一樣，那眞是再混蛋也沒有的傢伙，而副官長却還是同樣的尊重他。

副官長現在大聲地幾乎是喝彩一樣的說，

——你這個馬伕實在太好了！哈哈，寶貝，我的男子！世界上除了我之外，怕就沒有一個會是這樣的歡喜你，——怎麼？你的腿子害了脚氣病沒有呀？可惜我這裏的軍醫官太流口水（劣等），他總是請假到別地去，不然要叫他査査你的屁眼才對！

他於是把謝金星放在一邊，大聲地叫馬伕班長；

馬伕班長走來了。

馬伕班長駝背，高個子，一對銳利的眼睛蛇一樣的泛着毒液，他的面孔在獰惡而兒暴的一點上幾乎比一個正式的戰鬥兵還要及格些，——不錯，這是副官長所歡喜的，副官長常常就這樣說，蠢貨們呀，還要把面孔張得更獰惡，更兒暴一點！如果能夠把鬼也嚇死的時候，就最好了！……

——現在，發給謝金星三日的糧食吧！怎麽？你該是聽見了？你的耳朵會有什麽缺點，那眞是意想不到的事，我看你將來還有當高級參謀的希望呀！

原來，司令部的好幾匹馬都委實太劣等了，是那樣的又矮又瘦，指揮官已經托人在南甯買了一匹好馬，如今是派謝金星這馬伕到南甯去把那匹馬帶回司令部來。

× × ×

在謝金星臨到要出發的前一晚，馬伕班長躺在牀上，他善意，懇切——叮嚀地對謝金星說，

——如果你對我好一些呢，我要比你更好，如果你對我兒一些呢，我要比你

更兒，　　黃來那傢伙你是看過的了，他肥胖，高大，面孔又漂亮，他的鼻子簡直不像廣西人，廣西人的鼻子是四方的，扁的，扁得和鴨嘴一樣，但是他也不行，他患着心臟病，他說話的聲音低得像蟹叫一樣。——只有李發這傢伙比較有男子氣，他體壯力健，胆略過人，但是他比我却差得遠了，……

他深沈，狡猾，幾乎不惜用了欺騙的手段，來抬高自己的地位，並且强逼着謝金星一定要在他的面前立卽有所表示，而他的聲音是由粗暴變成低微的了，簡直還在卑怯地起着顫抖，彷彿必定要是這樣，才能叫謝金星耳朵裏所聽取的更有益些。

謝金星於是低着頭，有時候用鼻音，有時候用嗆咳，却正式地摒除了輕佻，暴躁，或者嘻笑的成份，從馬伕班長所說的每一句，每一段落中，按照着一定的時間，毫不懈怠地回答了他，這時候，謝金星的肥大臃腫的面孔總是陷進了一種沈鬱，暈濛，甚至近乎睡夢的狀態，必定要等到旁邊幷列地在坐着的徐振雄對着在這時候才能夠懂得了一點點。

徐振雄也是司令部裏的馬伕之一，他的脾氣很壞，喜歡在別人的面前亂暴地淩遲他所管轄的那一匹年齡衰邁的褐色馬，彷彿那匹馬不幸做了他自己的兒子一樣，一點也不懂得馬的尊貴，有時候副官長寫條子叫他裝馬也沒有能夠弄得好，——總之他鄙視着馬伕這個職務，他的見地要馬伕班長來得高些。

——據我看，徐振雄這樣說了；南甯在今日有着那麼高的無線電台，是前一代的人一輩子都夢想不到的！南甯，這個都會會比廣州差一點嗎？不說別的，單說南甯的影相館，——啥，不用騙我，我走過的地方多了，到處都一個樣，如果那邊有一間漂亮的房子，那可以斷定：不是教堂就是醫生局，不是醫生局就是理髮店，不是理髮店就是影相館，至於南甯的影相館，是比平常看到的漂亮的影相館還要漂亮些，……

謝金星這時候却困倦，乏力，他忽蠢地打着呵欠，幾乎把滿口發腐了般的臭氣都噴在馬伕班長的獰惡而陰沈的臉上。

× × ×

在廣西，有着這樣的富於天然景色的山野決不是一件奇事，從慶遠過大塘以至南甯，沿路不知有幾千百里這樣美麗的山野在接連着，——凡是到過廣西的人都知道，廣西有什麽景色呢？不是那些嶙峋交錯，奇模怪樣的石山嗎！不是那些從紅色的土壤裏生長着，一株株穿着綠色褲子的怪樹嗎！還有那長着塘鵝樣的大頸子的女人，……不，這是一種毀謗！是一些見短不見長，毫無德性，專門在攻擊廣西的人們所說的！——毀謗，攻擊，有什麽用呢？這對於我們的廣西是一點損害也沒有！

那麽，石山，怪樹，女人，……這些都不必再提了，只要是對廣西稍微有點不曾看見的樣子！——當然，這已經是一種虛僞的造作了，如果覺得那些石山，怪樹，女人什麼的根本對於廣西的景色無傷大雅，那却是儘可不必的！

這裏，是一座石山，一株怪樹也沒有，眞的，一點也不騙你，——至於長着塘鵝樣的大頸子的女人，那是在百色，龍州等處才有；龍州和這裏相距很遠，百色也是廣西的邊境，那地方和雲南很相近，既然大家以爲有了這百色地方存在，——爲了它是那些女人的出產地的緣故——對於整個的廣西毫無裨益，那麼就忘掉了它吧！或者隨便讓它歸入雲南的境界裏去也行！這裏都可以斷言，那樣的不名譽的女人是半個也沒有，……

下過了好幾天的大雨，這天太陽一上山就顯得特別亮，——天幕像蒙上了一重紙，是合着烟霧調得很勻的不常見的氣體，從那裏滲透過來的陽光，已經失去了一絲絲的線，像一種破壞了纖維的腐敗的物體，不過比之大雨傾盆時還是很明亮，飄蕩在空氣裏的一些微小的水點都照見了。

汽車冒着雨，在山谷裏繞着高斜度的山坡走，——這汽車是很久以前一個退職的旅長送給指揮官的，現在是老了，破舊了，脾氣也變得壞了些，走起路來總是卡通卡通的響，驕倨，自大，把所有的毛病都溶化在自己的性格裏面，只有那車伕却鎮日裏對着牠詛咒，毒罵，在全中國最壞的廣西的公路上，讓牠在崎嶇不平的石頭和罅隙之間悲慘地作着絕望的怒吼，而自己却與災樂禍地在駕駛着，——這一次，副官長派了一個中尉副官帶兩枝壞了的匣子槍到南甯軍械處去修理，而有一位做政治工作的少年，不知爲了什麽事，也要到南甯去，副官長於是把車伕叫到面前，對他說，

——怎麽？你覺得當馬弁好呢？還是抬轎子好呢？在我這裏當一個司機總不會辱沒了你吧？——來！把汽油倒進油缸裏去！開開牠！

車伕——那又矮又肥胖的貴州人默默地聽從着副官長的吩咐，嘴裏咕嚕地唸**着婊子！山賊！飯匙銃！……這一串稀奇古怪的名辭，裝了油，走進那黑色，滿**

——Kala——Kala——K……K……

不一會，那汽車嗆咳，呻吟，像一個受傷的人給觸痛了創位，痛楚地掙扎了一陣，至於混身都顫抖着。

——牠能夠走多少里？副官長毫無憎惡，並且幾乎是寵惜地問。

——八百里……九百里……大概是這樣了！車伕悻悻地回答。

——行！一點問題也沒有！我只要牠走九百里就足夠了！

當汽車向南甯出發的時候，副官長對那攜帶槍械的中尉副官說，

——我知道全司令部中只有那司機是最混蛋的傢伙，你給我監視監視他吧！如果那汽車中途發生故障，一定是這混蛋出的鬼計，——至於那個學生，我要致他知道在這軍書傍午，交通斷絕的時期，還能夠坐在汽車的輭墊子上，完全是我對來賓的好意。馬伕謝金星，他這一次到南甯完全是爲了公事，他要坐我的汽車

在一天的工夫一直趕到南甯去，是誰都不能加以阻止的！

天又變成了晦暗，雨點一陣陣在窗外橫掃着，汽車叫出了比雨聲更高的音響，顯得勇猛起來了，像一隻爲狡猾的敵人所圍困的怪獸，牠正要奪路而走，卑怯地用背脊去接受敵人的襲擊，但是前頭一受了高高突起的山隴的阻擋，路總是彈簧似的彎曲着，這樣致牠在悲慘地掙扎着的當兒，也還不能不睜開大眼，對後面的敵人不斷地作着回顧，牠於是變成了更勇猛的樣子，叫的比前更響，這時候，雨又忽而變大了，天空是沉重而且低壓，幾乎和太陽的光亮完全隔絕起來，只有在閃電一閃的煞那間，這陰暗的山谷里才忽而光亮了一陣，並且把天上一塊塊還未溶解的雲捲也照得透明，但是過後却又陷進了更深的黑暗，而怪獸不得已把額上的電炬也開放了，集密的雨點在這電炬的迫射中一顆顆像燦爛的明珠般的滴溜溜地滾動着，在空中交迸着，一顆顆的分解了，碎裂了，飛散了，在雨里的綠草與碧樹之間流成了紅色而華貴的小河。

謝金星坐在車裏，非常興奮，是不是因爲他坐這烏龜樣的小汽車還是最初第一次的緣故，他歡喜極了，蠢笨的成份減少了好一些，又非常愛說話，而當話還不曾說出口的當兒，他總是莫名其妙地奇特地怪笑着。

他說，

——伍金子那人實在沒有用，什麽都不懂，又喜歡跟人家吵嘴，——喂，你看怎麽樣，我想帶他到廣州香港去逛一逛，——

這時候，汽車正走過一個坳口，據說這是一個在軍事上頗占位置的重要的地區，右邊，在一個特別高起的山阜上，有許多兵士看押着無數徵發而來的農民們在挖散兵壕，他們像沒命地經營着巢穴的螞蟻一樣，出着背脊，高擧着鍬子，在穿蝕那紅色而美麗的土壤，也不顧大雨在身上傾注着，——做政治工作的少年對中尉副官解釋着廣西的抗×運動在整個的救國陣線中是屬於如何重要的一環，夾作着車行的卡通卡通的聲音，這解釋在一種鬱悶，沈重，幾乎令人嘔吐的空氣裏進行着，而當問題一從政治轉入了軍事的時候，中尉副官就坦然地說出了：在這一點上，所有的「學生仔」們都得聽受他的敎訓！做政治工作的少年對於這樣的難以控制的場面實在不能不將它把握得更準些，他幷不輕視這樣的一個有見地的軍人，他只要把任何一個人都當作一種宣傳的對象之後，就振振有辭起來了，這樣他的話說得更加嘮叨，簡直是滔滔不絕的樣子，直至那中尉副官再也不想發出任何妄自尊大的狂語爲止，也不管那中尉副官在沉默中蘊蓄着多少忿怒。

少年在中尉副官的身上所做的政治工作既然告一段落之後，趁着這留存下來的餘暇，就開始對謝金星發問了。

——怎麼？你還不下車？你是要到柳州去的呢？還是要到桂林去的呢？

——柳州？桂林？哦，副官長幷不曾對我說過，那匹馬是在柳州，桂林，那麼我爲什麼要到柳州桂林去的呀？

——很好。不過我要問你，那是一匹什麼馬呢？

——一匹什麼馬？喔，我看那一定是一匹很壞的馬，在廣西，眞眞好的馬是沒有的，——我一生就只有看過一匹好馬，但是我的姊夫已經把牠殺掉了！

——爲什麼殺掉的呢？

——牠在麥田裏踩死了我的姊夫的孩子。

——那你的姊夫眞是世界上最愚蠢的傢伙，他爲什麼要把馬殺死？他豈不是一下子死了一個孩子，又死了一匹馬？

——不，我的姊夫一點也不愚蠢。他把那匹馬殺掉之後，一個人走到日裏去，在一隻很大的過洋船上發了財。有一個看相先生對他說，他如果不殺掉那匹馬，他的第二個孩子也要死掉，可不一定要讓馬腳踩倒。

少年很驚異，他冷冷地笑了笑，但是他的興趣幷不低減半點，他轉變了語調，說出了更多的話，每當汽車駛過不平坦的地方，叫出了更響的聲音的時候，他說話的聲音也就提高了些，簡直是在演說，並且雙手都舞動起來了，　這是一個政治教育非常充分的少年，他到過俄國，據說在廣西的幾十個俄國留學生之中，他是頗有希望的一個。他個子高聳，不瘦不胖，面孔漂亮，態度嚴肅，除了政治理論之外，其他什麼都不想談，　如果和他做了朋友，當兩相暌隔了很久之後，忽而又碰見的時候，對他問起「你好？——喔，我曾經在什麼地方碰見你的介弟，他現在那裏去了？」他是絕然地不回答你半個字；如果你連他的姊夫都問起的時候，那簡直是侮辱他了。

中尉副官顯見得很沒趣的樣子，他好幾次打斷了謝金星的話頭，又對車伕攀談起來，以圖分散那介人生厭的少年的談鋒，再沒有法子的時候就用自己的中尉副官的身份和這裏全車的人作個對比，叫謝金星刻刻的謹記着自己，無論怎樣，總不過是一個馬伕而已。

× × ×

下午六時三十分，他們抵達了南甯，汽車一直駛進青雲街蘇家祠指揮部後方辦事處的門口來。

雨是老早就停了，天色慢慢的黑下來。後方辦事處的電燈，憂鬱地放射着黃色的亮光，潮濕的尿酸氣從那腐敗而泛着鉛白色的牆壁上強烈地發散着，充塞着滿座屋子。憑着一點因緣，一張推荐書或履歷表，遠遠地從外省跑入了廣西來的朋友或賓客們，白色的襯衣之下穿着短褲子，拖着木屐，面孔，手指，一應都弄得非常潔淨，帶着三分遊手賦閒的樣子，並且保持着各人特有的風度，有的不顧一切，拚命地在研究卓子上的報紙，有的雙手插在袋子裏，高高地拱着背脊，對任何人都表示謙讓，當耳朵聽到一點聲息的時候就不斷地把腦袋聳動着，或者有意地把聲音弄得很低，碰見什麼人的時候就珍重地問，「你好？——飯吃過了？」

他們聽見一架汽車突然在辦事處的門口停了下來，各人的寂寞，空虛，並且像泥沼一樣亂糟糟的心裏都嚇了一跳，爲着要取得一點新的刺激，都集中到樓下的廳子裏來。

——從前方指揮部回來的！

每一個都用低而急促的聲音互相地把消息傳遞着。於是靜靜地窺伺着從汽車裏爬出來的什麽人，看看他們的動靜， 最初爬出來的是中尉副官，他精神煥發，態度緊張，瘦小的面孔很白淨，年紀還不大，眼睛放射着輕蔑驕傲而難以親近的光燄，有兩枝匣子槍和一枝左輪在揹着，他對於這些陌生人決不理會，他從汽車裏一爬了出來，就趾高氣揚的跑上樓上的主任室裏去了。第二個爬出來的是那做政治工作的少年，他面貌雖然很漂亮，却黯淡地毫無光彩，他爬了出來之後似乎還在辦事處的門口停了一下子，態度的嚴肅性毫不低減，這嚴肅中所包含着的是：神秘，莫名其妙，絕大的秘密。但是他也匆匆地走了，走到別的地方去，看來是一個和後方辦事處毫無關係的傢伙。第三個爬出來的是馬伕謝金星，他懵懂，紛亂，一爬了出來就立即給四周的生疏的氣氛包圍着，……

有一個面孔黧黑，瘦小，嘴唇很厚的傢伙，他輕着脚步，低着腰，——似乎幷不是不知道謝金星是一個下等人物，因而輕蔑地對謝金星揮着手，從那厚的嘴唇裏發出一種怪異的聲音，使謝金星遲鈍而單純的目光不能不受他揮着的手所引動，——旁的人却每一個的面孔都泛出了輕鬆的微笑，把目光集中在謝金星的肥大臃腫的臉上。

當謝金星走近那厚嘴唇的面前的時候，厚嘴唇低聲地對着謝金星說，

——總指揮有信給我了……有一位，他名叫何國君，當的是上尉書記，我們總指揮部的佈告就是他起草的，你認得他嗎？有一位，他名叫鍾維岳，是剛剛從德國回來的，怎麽？你連他也不認得？還有一位，他名叫蔡霖，……

——蔡霖？謝金星愚蠢地反詰着，當別的人對他說話的時候，他很驚惶，而

當他對別的人說話的時候，他就平靜下來了，因而也從愚蠢中變得精緻了些。

——是的，蔡霖！還有一位，他的年紀頂小，他名叫鄭國傑，……

別的人也來詢問了，把謝金星包圍着。

謝金星也不再反詰，他冷靜，平和，間或說出了自己的濛糊，紛亂，誰都不能懂得的意見，使旁的人都喜歡他，並且對他發出了更多的詢問。

第二天，大約是上午十點鐘的時候，中尉副官把謝金星叫去了。

中尉副官的面孔帶着怒氣，用短促的聲音對謝金星喝問着，隨即帶謝金星向總司令部的馬房那邊走。

你應該是在今天早上就出發的，但是你遲了，……中尉副官嚴厲地對謝金星責罵着。

在馬房的左邊，有一列低矮而細小的房子，牆壁塗着黑灰色，每一間的門邊都釘着長長的藍色的木牌子，寫的是和馬路的牆壁上或電桿上平常所見一無二樣的抗×救國的標語。中尉副官在第二間房裏找出了一個小兵，小兵又從別的地方找出了一個馬伕，——為着要在馬房裏鑑別出指揮官新買的那匹馬，馬伕又找到了他們的馬伕班長一同來。

馬伕班長一個精警而有決斷的壯年人，身體瘦小，聲音宏亮，他胸有成竹地呼着另一個馬伕的名字，把另一個馬伕也找出來了。

馬伕班長站立在那些小房子和馬房之間的一幅小小的曠地上，和中尉副官作了一陣友誼的交談。他的態度幷不如中尉副官那樣的緊張。他詢問了中尉副官關於前方的一些情形，而當中尉副官正準備着作更詳細的回答的時候，他就點點頭，表示自己是早就知道了，於是對中尉副官笑了笑，像狡猾的成年人在一個小孩子的身上取得了一點便宜之後，從而設下了更深的詭計，而自己是始終對那卑怯可憐的靈魂居高臨下地俯瞰着。

中尉副官莫名其妙地緊張着，至於紅了臉。他於是回轉頭對謝金星發出更嚴厲的怒喝，——謝金星已經隨着那最後出來的馬伕的指引，從馬房裏把指揮官的馬牽了出來。

這是一匹雄偉，壯健的白馬，身上的毛衣白得很純淨，一根什色的毛也沒有，額上的鬃毛和馬尾都是新剪的，牠對於這生疎的友伴也不畏懼，也不自驕，却帶着一種神秘的人與馬不同類的隔閡，在一轉身一舉足之間，顯出了一種寬宏，柔美的氣度，時而把他的友伴謝金星放在一邊，高高地舉起了那長而秀麗的頸項，對深遠而蔚藍的天空凝視着。

× × ×

謝金星騎着指揮官的新馬，在這天的下午離開了南甯。一出了南甯的北門，他就爽爽快快地把他的馬快跑了一陣。回頭一望，南甯城的赭褐色的屋瓦向天空噴着灰色而疎薄的氣體，——無線電台變成了和天幕相距很遠，整個的南甯城似乎都已經陷進了深凹的低地裏去，山野像潮水一樣，一個浪頭逐過一個浪頭的在前面湧上來了，天地的中心却顯然地正跟隨馬的狂奔而移動着。

謝金星快活極了。他驕傲地揚着鞭，叫這匹非凡的白馬跑得更快些。他覺得混身鬆動，筋骨裏充滿着新的活力，一點別的拘束也沒有。而當那白馬弛緩了下來，在慢慢地走着的時候，他就唱——

銀瓶山頂呀……一對呀——活的鯉魚，
砍柴阿兄呀……割草阿姊……
鷹飛，鳥叫，……
呵呀，呵呀，……
落難的饞狗無人睬，
誰呀？呵，王八，我的皇帝呀……

在路上步行的學生軍，聽了謝金星的歌，都哈哈的笑了起來。謝金星帶笑地喝問着，

——嘍，那裏去？

——蘆圩。你呢？

——慶遠。

你們是誰的部隊？學生軍接着問。

——我們的指揮官叫夏威。

——偉大！他們都挺起了大拇指。

——你們到蘆圩去幹嗎？

——宣傳。

謝金星覺得很好玩，立卽又唱了起來。

宣呀傳——傳呀宣……

哎……哎……

玲——東

玲——東

玲東玲東丁……

這時候，謝金星的馬已經走過學生軍的隊伍的前頭；學生軍對他的背影飛起了石子。謝金星對他們裝了裝鬼臉，又揚着鞭，叫他的馬向着前面高起的山坡衝了上去，回頭一望，學生軍的隊伍遠遠地落後在低凹的水田邊，像一羣可憐的螞蟻。

和蘆圩相距不遠，這裏有一幅佈滿坟墓的原野，車路沿着舊的路基，跨過原野的中間，路的兩邊，有無數古老高大的松樹在排列着，黝綠而濃密的樹梢隔絕了猛烈的陽光，——一輛黃色的長途汽車，從路的那一端奔馳着來了，發瘋了似的，在崎嶇不平的石頭罅隙之間跳躍着，並且狂暴地呼叫着，這聲音迅急地自遠而近，叫這陰涼，寂靜的處所立卽失了常態，在一種刺耳的巨大而煩悶的音響中震盪着，——汽車在極短的時間裏停了一停，下車的是一個二等身材的中年人，穿着廣西流行的灰色制服，手裏帶着一個很小的籐篋。汽車隨又開行了，叫得更響，這聲音狂暴而且頑强，地殼都幾乎起着顫抖，整個的松林的寂靜完全給破壞了。謝金星騎着他的白馬剛好急急地跑上了來，他這下子的馬應該是跑的最快的，兩邊的松樹往後面飛動着，風在耳朵裏呼呼的響，他還揚起了鞭，要叫他的馬跑得更快，冀圖在那汽車剛好在停着的當兒，從牠的身邊挨擦而過，但是汽車終於開得太快，使謝金星難以叫他的馬躲閃起來，幾乎要和牠迎頭相碰，幸而這是一匹好馬，而況一路上遇到的汽車正也不少，牠決不會爲這樣的一輛汽車所嚇傷，而至於驚惶起來。

——喔，金星，停下！……金星！……

因爲始初離開那顛簸不定的車而呆呆地站立在路旁的中年人，突然大聲地叫了。

這聲音謝金星是聽見的，但是他的馬跑得太快，聽來也很含糊，他僅僅對這聲音起了一點疑異而已。他於是把馬勒了下來，——他騎馬的技術還算不壞，不然他的馬跑得那麼快，在那樣突然地一勒轉來的時候老早就蹿下去了。那中年人看看謝金星一下子去得那麼遠，也不再叫，免得叫破了喉嚨，只是擺動着他的手。

謝金星騎着他的馬走近了來，他看出那中年人正是他的表親劉玉餘。

——喔，原來是你——我倒看不見，……

說着，謝金星連忙下了馬。

——我們大概有三年不曾見面了！劉玉餘說。

——是的，足足三年……

那時候謝金星在他們的山貨行里做工，貪吃，懶做，是一個愚蠢，劣等，絕不會被人愛好的傢伙，就是那一次離開他們的山貨行，也還是他起的主意，他看不過眼，不能不讓謝金星滾蛋，現在謝金星居然混進軍隊裏去了，並且變得這樣高大，強壯，又騎了一匹漂亮的白馬。

——那麼，你現在比從前好了！喂，表姪，怎麼樣？比從前好得多吧？

劉玉餘暗暗地覺得有點慚愧，至於說話的聲音都微微地顫抖着，他於是又問，

——你現在是在……什……麼……人的部隊裏呢？

——我們的指揮官叫夏威。

現在劉玉餘也不說不什麼的，只是獨自個在點點頭而已，這樣他決定了自己

——很近，往那邊走，朝南，……喔，那村子以前你不是到過的嗎？

謝金星牽着他的白馬，這白馬現在變得有點不自檢束起來，牠全身都蘊蓄着強盛的力，使牠像梭子般的不是向前彪就是向後退，忽而又蹬着前脚，高高地直立起來了，——謝金星爲着要扼制扼制牠一下，把牠勒得更緊些，但是他顯然沒有馬的力氣，馬的頸子一擺動，他反而跟隨馬跳躍着，而且有點紛亂起來，只管前後左右的變更着站立的位置，幾乎要把脚跟踩在劉玉餘的脚掌上，因之劉玉餘也跟隨那馬在跳躍着。

劉玉餘說話的聲音總是很低，他苦於不能把話說的更清楚一點，好教他的表親很快地就聽得見。現在更不行了，那匹馬似乎已經發了狂，牠每一次跳躍着，每一次叫劉玉餘把放在唇邊的話抛到別地去，並且從而緊張了面孔嚴厲地對馬怒喝着，那是一種變態的沙啞的聲音，在馬的耳朵聽來，那是紛亂的難懂的，簡直是一種錯誤。

劉玉餘趁着馬稍為平靜下來的時候，重又對謝金星說出了剛才的意思，但是這下子是嗆咳和喘氣阻礙了他，謝金星始終不曾聽出他說的是什麼，也始終不曾受他的話所引動，——而況馬幷不是眞的就平靜下來，牠作着從也不曾有過的兇暴中帶着三分遊玩的奇特的姿勢，猛然地一聳，叫謝金星拋棄了為扼制一匹馬所必須站立的位置，謝金星這下子才好笑，他竟然陷落在馬的前胸下面，至於毫無解脫的辦法，讓馬從他的身上一彪而過，好在他心裏還鎮靜，知道把腦袋放低下來，而馬却已經從他的手裏掙脫了，牠一無返顧，筆直地向着西南角的村子奔去。

劉玉餘簡直嚇靑了臉，他紛亂極了，一邊重重的推謝金星的身子，叫謝金星趕快去追馬，一邊又發出沙啞的聲音喝制謝金星不要動，幾乎要唱起以前在山貨行裏的老調子，動輒就給謝金星來一個老祖宗九十九代。

這實在是懞懂得很，他直到此刻才淸楚地意識着，——那馬跑去的村子，不就正是他們的村子嗎？

——對了，劉玉餘輕舒地呼出了一口氣說，那麽，我現在也不必再强拉，你也非到我們的村子裏去玩一玩不可了！——但是這會不會誤了你的公事？

謝金星沈岑了好一會，他說，

——也好，我不怕趕不到慶遠去，這匹馬快得很！

× × ×

在廣西，有着這樣富於天然景色的山野，决不是一件奇事，從慶遠過大塘以至南甯，沿路不知有幾千百里這樣美麗的山野在接連着，——這裏向西，可以望見一座雄偉壯麗的大山，一排排的山峯，向那深不見底的藍天裏高聳着，從上到下，全身富裕地打着貴重的盛裝，呈着蒼翠華美的顏色，在初秋的晶亮的陽光下，不管那山和這裏相距有多少遠，也可以顯明地看出那上面所繪畫着的燦爛奪目的一切，以及每一條新的還未曾消失過的摺紋。東南，向着鬱江沿岸一帶的地區追索下去吧，那蒼鬱的層叠不絕的山巒，那幻夢一樣飄浮在藍天裏的一朵朵的游雲，那清泉裏的小魚似的一點點蠕動着的飛鳥，——要是你的眼睛過於受了眩惑，覺得有點疲備的樣子，不能不向近處把視線收縮回來，那麼這當兒，你就要突然地給劃住了，像發見了寶藏的賊，貪婪地把這寶藏裏的每一件寶物都用了銳利的目光深深地刻上了記號，不自覺地呼喚起來，却恐怕爲旁人所覺察，只好不自然地保持着難以忍煞的沉默，每當旁人在瘋狂地不能自己地拍手叫絕的時候，就叫你不能不用鄙夷的目光，譏笑他是怎樣的淺薄無知，自己却只好暗暗地私自歎息着，覺得人類的語言是如何的拙劣無用，因而就變成了更加沉默，……

謝金星身體很好，他跑得很快，不過因爲心裏忙亂，手一揩擦額上的汗點，把軍帽子也弄翻了，軍帽子跌進路邊的水田裏去。他跑得太快了，一時之間很不容易把步子停下來，直到距那跌下了軍帽子的水田有十幾步遠的地方，才回轉來，想要拾回那軍帽子，但是劉玉餘在後面揮着手，恐怕謝金星再還不記得他的意思的時候，就拚命地往前面伸長了頸子，叫謝金星可以不必去理那軍帽子，隨後他自己會跟他拾，那麼儘管飛步去趕那匹馬就是。

謝金星跑過了一條石橋，在一排很高的籬笆下碰見了一羣正要到附近的鎮裏去投市的女人，突然覺得一陣冷風吹上頭來，猛然地意識着自己的磨光的滿留着爛瘡疤的腦袋幷沒有戴帽子，心裏更加着了慌，脚尖冷不防碰着了高起在路上的石釘，上身向前面飛進的速度突然增加了一千倍，立即一個人都猛撞下去了，撲通一聲，水花高高地飛濺起來，——這裏可幷不是水田，而是一個池塘，正滿滿地裝着一池塘綠色的水。

女人們嚇了一跳，至於尖着喉嚨怪聲地叫起來。好在那池塘幷不深，而且有許多死狗死貓以及破爛的竹具木器之類在塡塞着，那綠色的水載着一重厚厚的綠色的萍，顯得很受拘束的樣子，只是泛起了幾條粗大的波紋，幷不曾破口大笑起來。

謝金星從池塘裏爬了起來，劉玉餘還在很遠的地方沒有趕到，他慌亂到了極點，也不敢對那些女人回看一眼，急急地就跑過籬笆的盡天處，依舊去追他的馬。

這裏有一個漂亮的花園，向日葵和鷄爪菊正在盛開着，靠着那用破舊的木板搭成的橫欄的近邊，有五株幷不怎麽高大的木瓜樹，正結着纍纍的木瓜，都已經長大而且黃熟，彷彿那細小的瓜柄已經不勝其贅累似的，如果風一吹動，或者地上一震盪，就幾乎要對那黃熟的木瓜實行撒手，讓牠們一個個的滾下去。花圃的看守人是一個勇猛，自大，整日里背着步槍的小夥子，他看着謝金星從池塘那邊匆匆地走了來，滿身的軍服都濕了，腦袋的爛瘡疤泛着水影，在陽光下起着刺目的反射，也不戴軍帽子，覺得實在好笑。

謝金星的肥大臃腫的面孔呈着藍色，他氣汹汹地對着那花圃的看守人問，

你看見我的馬沒有呀？

豈知不問還好，一問就激起了突變。花圃的看守人暴烈地揪住謝金星的胸脯，他力氣很大，手一和謝金星的濕落落的軍服接觸，那濕落落的軍服就不勝其壓搾似的痛苦地濺出了水花，至於噴出了白沫。花圃的看守人於是把謝金星猛力地一推，謝金星爲了一路上帶跑帶跌，過於勞頓，完全失去了控制自己的能力，他這一跌更加緊要，後腦硼的一響碰在堅硬的土塊上，眼里也跟着發起火來。却不想還有比這更嚴重的事，——花圃的看守人已經拿下了身上揹着的槍，毫不寬貸地對謝金星作起瞄準，射擊的姿勢。

一分鐘過後，就曉得這嚴重的場面不過是一種玩藝而已；花圃的看守人放下了他的槍，對謝金星揮着胳膊說，

——我已經饒了你了，你此刻就走你的吧！不過我要警告你，如果你下一次對你的馬這樣放縱，——喂，狗子，這橄欖核是準給你吃的！

謝金星完全喪失了抵抗的能力，這是沒有法子的，他甚至還對那花圃的看守

人賠了個笑臉，濕落落的軍服上粘滿着砂粒和爛泥，就連把精神抖擻一下，讓這些不成樣子的砂粒和爛泥從他的身上脫落下來的力氣也沒有！

他爬了起來，還是繼續去追他的馬。迎面是一條直通村子的田徑，猛烈的太陽並沒有把這被泥濘的爛泥淹蓋着的田徑晒乾，爲那花圃的看守人所威嚇的馬，正在這田徑上留下了狂奔疾馳的馬蹄印，這些馬蹄印都很深，但是馬上就給裝滿了黃色的水，現在是這黃色的水也和謝金星開起玩笑來了，謝金星一個不留神連二接三的把脚底踩中那馬蹄印，那黃色的水像火箭似的飛濺着，交射着，叫謝金星滿身嵌讓着砂粒爛泥的軍服添上了更多的花朵。

這其間，在村子的另一端，爲了一匹馬的事正起了一陣小小的騷動。

這匹馬不但有那樣的壯健而雄偉的外貌，並且還有着牠的潑辣而奔放的性格，牠是一匹不折不扣的好馬。牠跑進了這村子，在池邊站立着——這又是另一個池，毫無拘束地喝牠的水，並且把前脚的蹄蹴着池岸上的石塊，蹴得劈劈的響。村子里的人沒有一個不愛看牠，——他們，只要是留在屋里的都跑出來了，在距離馬稍遠的巷口站了一大堆，却沒有一個不對着那馬喝彩。

——這是那裏來的一匹馬！一個患橡皮脚的中年人這樣讚歎着；這樣的好馬我是從來都不曾看過，你看，牠的毛是白得那麽潔淨，像一隻白兎一樣的白！

——不，像一隻鷺鷥一樣的白！一個患黃疸病的小夥子也跟着說；你看那馬身吧，有一處抽根結核的地方沒有？那馬尾又多麽好！……

——我看路上必定有軍隊開過，這匹馬是從隊伍中跑出來的。有見地的人這樣說。

——這樣的一匹好馬，沒有當排長的人還能夠騎嗎？

——當排長的人有馬騎！眞是笑死人！那至少也該是連長吧！

——或者是團長也不一定。副官也有馬騎，不過不見得有這樣好的馬，這匹馬委實太好了！

這當兒，人堆裏突然有人擲給那馬一個石子，破壞了馬的甯靜，牠於是響着蹄兒，沿着池畔向東跑去，長而繁茂的尾巴在牠的後腿上斜掛着，青色的池水映出了牠的貴重而柔媚的倒影，像一片潔白的雲彩一樣，——從背後玩賞着牠的人們，現在都受了這從未有過的美景所吸引，變成了靜默默地，再也不響出半聲。……

× × ×

劉玉餘的屋子是這村子裏頂漂亮的一座，一連三間，建造還不久，牆壁上的石灰還是白的。牠位置在這村子南面的外皮，如果稍一留心，從很遠的地方就可以望到那白色的牆，而白色的牆，在這村子中是只有劉玉餘的屋子才有。屋子的前面有一幅大灰町，靠左還有一個小小的花塢，香蕉開了紅色而斑爛的花，像牛的臟腑般的在懸掛着。

如今劉玉餘把那匹馬拴在他的窗柱上，讓牠整天高舉着那長長的頸領，那馬似乎很不好受，牠的頸額大大的暴脹着，筋肉起着脊梭，劉玉餘正想藉此懲戒牠一下。人們（其中有一大半是小孩子）站立在和馬相距約五步的地方，作着環圍的形勢。劉玉餘每隔了一會總是從他的門口探出頭來，不辭繁冗地對那些人們作着「站遠些！」「不要用手動牠！」的警告。他的屋子裏也非常熱鬧，稍爲有了年紀的人，比較懂得禮貌些的，都樂意走進來對他問訊。他的老婆一時忙死了，她燒了一鍋熱水給謝金星洗澡，接着又要燒飯和菜，……她的丈夫爲着忙於應酬鄰人，不曾對她說過一句話，她覺得很鬱悶的樣子，而她的家姑——那六十多歲的老太婆却歡喜得跳躍着。滿屋子嘈雜的聲音中，不時的只聽見劉玉餘在得意地高聲地狂笑着。

——你們知道，劉玉餘說；在我們全國中，廣西是一個最有榮譽的省份。關於廣西的建設，民團，學生的軍事訓練等等的情形，在上海，並且在日本的報紙上，都有着極詳細的記載，凡是外省人都對廣西表示羨慕，他們說世界上眞的社會主義是沒有的，如果有，那只存在於我們廣西這塊土地上！廣西的將領從來沒有叫過社會主義，在某一時候他們並且是打擊紅軍最有力的健將，……但是廣西的社會主義却老早就成功了！我們的白副老總是一個最利害的傢伙，他把全國所有的俄國留學生都羅致在廣西一省裏，俄國留學生是最好的，現在廣西全省各縣的縣長都是俄國留學生，試問有一縣的縣長不是俄國留學生的沒有？

人們靜默了一下，有一個已經開始對劉玉餘問起了前方的戰事。

——梧州的公安局長也是俄國留學生嗎——我好像聽見什麼人說過？又有人這樣問。

——哼，公安局長，那還消說！所有的區長，稽查，——連我們賓陽的警察長都是俄國留學生了！

當他說起了前線的戰事的時候，他就把韓冬星介紹到人們的面前。

抗×的戰士，沒有人不敬仰他，沒有人能夠蔑視他爲人的價值，那匹白馬就是他騎的！

謝金星洗了澡，把他的溼落落的軍服換去了，劉玉餘分給他一套政務人員穿的灰色制服，這制服左邊的口袋上有一個金屬徽章在掛着，取着青天白日的十二角形，黑色，上面鐫着「抗×救國」四個字。謝金星的左腿剛才不過受了一點微傷，謝金星這下子幾乎把那創位都忘掉了，他的臉上煥發着光彩，他感覺得非常快活。………

× × ×

謝金星決定在劉玉餘的家裏歇息一夜，預備着在明天趕路。劉玉餘因爲有要緊的公事，他只能在家裏停留了兩個鐘頭的時間，又趁上了長途汽車，——他非在今天午後六時以前趕到南甯去不可。

晚上，劉玉餘的鄰人王爺御大伯伯請謝金星去吃飯。

王爺御大伯伯壯健而且高大，在這村子中，除了劉玉餘之外，要算是一個最有意義的人物。他曾經到過汕頭和香港。那時候他的兒子是一個革命黨員，可是不久就在汕頭給鍾景棠抓去槍斃了。他只有這個兒子，這個打擊幾乎要使他發狂，此後他完全生活在一種沈痛，壓抑，毫無精彩的日子中。他曾經好幾次向縣政府請求幫助，他要到香港去探尋他的仇人，可是都沒有弄得成，他臨到了最後的絕望。他的思想受了他兒子的影響，在和他一樣年紀的人們之中要算是最進步的一個。為了他的兒子之死，他體驗過這一代的年輕人的身上所課與的危難，這使他對於任何年輕人都感到愛悅。他喜歡到處的打探消息，尤其是一種秘密，從報紙上得到的消息決不會受他所重視，因為那知道的人太多了，如果有人把一點消息告訴他，同時又對他說明着這是一種秘密，他的神經就立即起了極大的興奮，至於嚴重地站起身來，輕着步子走近四窗口去看看有沒有人在偷聽，並且事後他一定絕對地嚴守這個秘密，無論這秘密是爲造的也好。

現在他和謝金星幷排地坐在一起，——這是他自己的意思，他不願意謝金星的坐位和自己隔得太遠，他的夫人卻只好坐在他的對面。

他們有一個刁狡的女用人，她什麼都不會，只會在投市的時候打他們的斧頭。她的手脚很遲鈍，如果他們的家裏來了什麼客人，她決不會把開飯的時間弄得早些；如今天是全黑了，壁上的掛燈的玻璃罩也沒有揩乾淨，燈光在黑暗中只占了很淡薄，很狹小的地位，在這昏黃的燈光下，謝金星的面孔顯得非常臃腫，王爺御的沈鬱的眉頭也顯得更加痛苦，而他的夫人卻簡直在哭泣着。蚊子在滿屋子裏飛旋着，叫得嗡嗡的響。

王爺御突然把嘴巴挨着謝金星的耳朵低聲地問，

——你以前在你們表親的山貨行裏當夥計，現在却在夏威將軍的部隊裏當起連長來了，我恭喜你。這消息剛才正從別人的嘴裏傳到，那是果眞的嗎？

謝金星不知怎樣回答好，他急得張大了嘴巴。

不想王爺御這下子和謝金星挨得更緊些，并且擺動着雙手，似乎是把謝金星制止着，叫他不要將嗓子震得太響。

謝金星躊躇了起來，他沒有什麼，只是點點頭而已。

但是王爺御已經滿足了，這時候，他可以毫無忌憚地提高了嗓子，談起別的話來，或者把他的蠢笨，愚蒙，什麼都不懂的夫人嚴厲地教訓一頓，而當謝金星這樣大聲地說，「在慶遠，沒有一條橋樑不埋下了地雷，沒有一座山不開了戰壕，沒有一間店子不駐紮了兵隊，——飛機場用石灰寫『抗×救國』四個字，捉到的漢奸都槍斃了！」的時候，他也知道：這的確是一種很可寶貴的消息，但是一經在衆人的面前說了出來，就值不上半文錢！

王爺御不斷的給謝金星斟酒，他把好一點的菜都推在謝金星的面前，叫謝金星痛痛快快地大吃一頓，一點也不要客氣。

這時候，半掩着的板門給推開了，隨即走進了一個人，是王爺御最好的朋友蔡定程，——他面目黧黑，樣子醜陋，沒有像王爺御那樣的文雅，他幷不是一個純粹的農民，不久之前他還在梧州經營着販賣洋貨的生意，他的性格和王爺御恰好相反，他豪爽，坦直，說話的聲音宏大，並且凡是裝在肚子裏的東西都可以乾乾淨淨的倒瀉出來，他不懂得什麼叫做秘密。一踏進了門口就大聲地嚷着說，

——我聽說劉玉餘的家裏來了一位抗×軍的連長——

這使王爺御急得直站起來，連忙擺動着雙手，在制止他的朋友的狂妄的說話。

蔡定程一看了這屋子裏的情形，就曉得自己的唐突，他幾乎紅了臉，想着自己爲什麼這樣消息不靈通，這偉大的客人竟讓別人先請了，又怨恨起自己來，於是變了口氣說，

——哦，……眞是對不起連長，失敬了！

王爺御立卽給蔡定程斟了一杯酒，又斟滿了謝金星的一杯。

——一位是商界的領袖，他說；一位是抗×的英雄，你們都乾一杯吧！

謝金星覺得很好笑，他只是默默地喝着，吃着，——這是一種誤會，他心裏想；但是他們也許要因此而受騙了！

——凡是漢奸都應該把他槍斃！謝金星沈着臉嚴重地說；慶遠的漢奸現在多極了，他們有的藏在妓館裏，有的假裝星相先生，有的在馬路上亂跑，他們到處的搗我們抗×政府的蛋，拒用我們抗×政府的鈔票，挖散兵壕，築城，都冷淡得很！

蔡定程爲一種凜然的空氣所壓迫，始終不能表白出自己的意見，他向來喜歡對人家說笑話，有時簡直忘記了自已有多少年紀，以爲還是和小孩子一無二樣，王爺御就常常告誡他說，如果是這樣，他將來一定非吃虧不可，因爲世界上并沒有一個人預備同他玩。王爺御這下子卻保持着更深的沈默，如果謝金星這時候允許他把嘴巴挨近耳朵說一句眞實話，那他一定對謝金星表示極熱烈的贊同，正如

別的人鼓掌，喝彩一樣。過了一會，他就提高了嗓子說，

——聽說蔡廷楷和翁照垣都到我們廣西來了，我們是表示歡迎，還是拒絕好呢？我看，蔡廷楷和翁照垣兩將軍都是當代不折不扣的民族英雄，我們決不能不歡迎他們，你們看，我們的白副老總眞是一個精幹的傢伙，他已經撥了五萬幾的軍隊讓他們帶了！

當然，這是大家都知道的毫不奇特的消息，是在對着客人應酬的時候說的。

× × ×

太陽從東山上爬了起來，——天氣是比昨天還要晴明些。朝南而望，鬱江沿岸一帶的高空泛着翠羽般的青色，沒有半點雲絲，佈列在田頭隴畔的繁茂的小樹叢，像沈落在低空裏的一幢幢碧綠的雲彩，新鮮的陽光照得那雲彩一片片晶亮地在發閃。晨風從西方遼闊而平坦的原野上一陣陣吹來了，一陣陣吹拂着水田裏的禾苗，把禾苗的令人陶醉的氣息撒遍了這村子的四週。村子裏安適而甯靜，連雞

和狗的聲息都沒有。——碧綠的禾苗舞動了，一縷縷掀起了金絲織成般的浪濤，和那些碧綠的小樹叢溶成一片，廣泛地在村子的四周佈起了碧綠的雲霧。

謝金星睡在他表親的房子裏，這房子是正屋中靠東的一間，向南有一個窗，這窗雖則開了也等於沒有，因爲那中間的三條直柱太大了，把窗隔成了四條很小的縫，又恐怕夜裏有什麼歹人到這窗口窺望，把這四條透風的小縫也用禾稈子塞住了。——謝金星帶了三分酒意，一夜睡得很舒暢，中間不曾發生過什麼事，連做夢，半夜小便，捉虱子的事都沒有。那黑色的蚊帳很好，不曾漏進了半隻蚊子。總之他一爬上了牀舖之後，很快地就入睡了，並且是很深很甜的沈睡。這是一張油着紅漆的漂亮的新牀舖，充塞着桐油和女人的髮香的氣味，——他自從爬上了這牀舖以至從牀舖上跳下來，這兩個時間幾乎可以說是緊密地接合在一起，他忘掉了昨晚是怎樣的一夜。

這房子的窗既然給塞得很牢，屋頂上也不開半個明窗，白天裏也是一團陰暗，謝金星還以爲早得很，——他從睡夢裏醒轉了來，呆了半晌，一時之間幾乎想不淸自己爲什麽突然會掉進這房子裏來。

他自己開開了房門，讓白晝的陽光透射進這黑灰色的房子裏來。廳子裏泛着飯香和熱水的白汽。太陽昇得更高了，人類對於這些美好的光陰似乎總是白白地空過了的，他們困倦，怠惰，缺乏生活的能力，永遠找不到更深刻更確當的生活方式，這些——所有一切的錯誤構成一種沈重的空氣在人們的頭上高壓着，使他們疲勞地沈進了毫無光彩的深坑裏，至於可怕地感受到無聊和單調。

表嬸是一個小心而柔順的中年女人，她低低地呼叫着，

——這是洗臉的熱水……

謝金星粗野地應答着，狂暴的聲音像雷響一般。

這時候，蔡定程那紳士就像接到了通知似的，從外面走了進來。

他昨晚是穿着平常的短布衫，今天却換了線絨的長袍子，掛在後腦上的一排

短髮似乎經過了梳洗，黧黑的面孔彷彿也變白了一些。他一踏進來就對謝金星鞠了個躬，嘴裏呼着「連長早呀！」於是說明了他自己的意思，他是特意來請連長到他的家裏去吃早飯。

× × ×

如今在座的，謝金星和蔡定程不用說，有蔡定程的父親，蔡定程的兄弟——蔡學賢，蔡作勳和蔡立勝，蔡定程的兒子，還有爲着躲避戰爭，從前方跑到此地來的兩個中學生，他們是蔡定程的親戚。

謝金星不怎麼說話，態度很得體。蔡定程向來愛說話，一進了這嚴肅的場面就變成了沈默。但是這席上是頗爲熱烈的，有蔡定程的小弟蔡立勝和兩個中學在辯論着。

問題是這樣引起的。

蔡立勝最近以前曾經在南甯迸了半個年頭，結識了一個當政治領袖的怪傑，這怪傑在南甯總司令部中有着極高的職位，掛少將銜，他的身體非常高大，鼻子筆直，頸子似乎生了什麽毛病，用白沙布綳着，大概還敷着藥，……

有一天，他叫蔡立勝到樂羣社某會議上去參加選舉，蔡立勝奉命投了黃翰華的票，黃翰華是一個托洛斯基派。

就這樣，蔡立勝面紅耳赤地把他的叙述進行着，中學生很歡喜說話，他愛在蔡立勝的叙述還沒有完了的時候就插嘴，而所說的——據蔡立勝的判斷，是一點價值也沒有。他們於是嘈得很利害，幾乎要把滿桌子的飯菜都推翻下來。他們各都有着一種强烈的衝動，這在謝金星拍拍他們的肩膀，對他們實行規勸的時候是更爲顯著地表現着，……

蔡定程不斷地替謝金星斟酒，——謝金星的酒量是不壞的，他常常把杯子高舉着，向滿桌的人們挑戰。而當他的面孔偶一對正着蔡定程的父親的時候，蔡定程的父親總是搖盪着他的禿光而起着粗點的劣斑的腦袋，並且像猴子般的耶耶地作着怪聲的叫，——此外是蔡學賢，他很愛說話，他曾經到過甯波，上海，懂得好幾種的方言，並且連日本語和英語都懂得了一點點，現在他把凡是自己所懂得的各種方言都一無遺漏地使用着。

吃過了早飯，已經十點左右，謝金星知道花去的時間太多，決不能在這裏再作逗留，現在就非走不可了。——蔡定程叫人把他的白馬喂得很飽，如果不是在路上嫌累贅，蔡定程還要送給他一麻袋的馬料。

謝金星騎上了他的白馬，這白馬現在顯得更加雄偉，謝金星比來的時候也變得簡直是判若兩人，他在全村子的人們的眼中是一個最有意義的人物，沒有人不對他抱着熱烈的敬仰和羨慕。他穿的還是他的表親送給他的灰色制服，却束着自己原來的腰帶，黑色的金屬徽章在左胸上榮耀地閃爍着，這灰色制服幷不比他自己原來的軍服來得壞些。軍帽子也洗得很乾淨，他的表嬸自己有熨斗，幷且似乎曾經親自把這原來像一塊爛蔴餅般的軍帽子好好地用熨斗熨過，不然這軍帽子不會變得這樣漂亮。

他威武地騎着他的白馬，離開了他表親的新屋子，走過池塘的岸畔，——全村子的人們，無論老少男女，都湧出來了，起初還塞積在巷口，後來竟然堆滿了池塘的四岸，幾乎把去路也阻塞住。王爺御，蔡定程和他的兄弟，中學生他們，取得了全村的人們所沒有的榮譽的地位，他們分成兩排，跟隨在謝金星的馬後。——王爺御的沈鬱的表情刻深而又堅定，他還帶了點不能消解的忿怒，用嚴厲的目光監視着在旁擁擠着，洶湧着的人們，禁止他們的喧擾：不要多說話，要靜靜的看，好教那白馬的堅硬的蹄子在那石砌的路上踩得更響些。蔡定程也說不出什麽適當的話來，他只是呆呆地昂着頭，有時候獨自個在低低地歎息着，當然，他抱怨謝金星在他們家裏停足的時間太短了些，——再覺得沒有法子的時候，就說，

——連長，你的公事要緊，我們無論怎樣都不能留得住你，這是無可如何

的。唉，有什麽法子呢！此去距賓陽不遠，有一個村子叫石鼓龍村，我有一位朋友在那裏開一個小規模的農場，我希望你經過賓陽的時候，順道去看看他，他一定很歡迎你的，只要你肯踏進了他的門口，那不但是他自己，就是做他的朋友，他的親戚，甚至做他的鄰人的都覺得很榮耀了，——他名叫吳仲祥，是一個有見地，學識很深，幷且非常愛國的人物；那農場名叫「大中國德興農場」，不錯，「大中國德衡農場」，你一定記得的吧，——立勝，你身上有鉛筆和日記本子嗎？你給我寫吧，快點！——賓陽，大——中——國——德——興——農——場——吳仲祥先生，幷且把我的名字也寫在上面！

蔡立勝從日記本子上撕下了一張紙，依照着寫了，——好在謝金星的馬走得很慢，因爲這裏四方八面都有人在擁擠着，阻塞着，蔡立勝是高等小學出身的，人又精警，筆又敏捷，一下子把那紙片子寫了，蔡定程立即接了過來，雙手高高的舉着，在衆人的肅然驚歎的目光之下，驕傲地把那張紙條子親自交給了謝金星。

× × ×

到了黃昏的時候，山岳變成了一幢幢的黑影，原野失去了晝間的燦爛輝煌的色澤，只有天上，一顆顆的星兒已經放射出寒冷的金光。人和牲口們都歸去了，晚風帶着初秋的冷意，吹過了路邊的小樹叢，捲起了謝金星的衣襟，又一陣陣的猛撲在謝金星的臉上，使謝金星感到日暮途窮時候的孤獨，幾乎要打了一個寒噤。

騎了整半天的馬，謝金星覺得有點累，腰很酸，兩股麻痺，那受傷的左腿似乎發出了一陣悶熱，不過不怎麼要緊，上面已經生了一重薄薄的紅色的痂。在馬跑得快的時候，背上出了汗，弄溼了底衣，現在這底衣變成很冷，在背上冰凍着，很不舒服，至於使謝金星有點興趣索然，心灰意懶起來。

不久，謝金星碰見了一輛因爲機件發生故障而停在路邊的汽車，這汽車完全失去了常態，兩隻大眼燈忽而亮了起來，噴着幾乎要射穿了黑夜的非常猛烈的光餤，忽而又熄滅了，這時候，牠竟然卡咯卡咯的驚叫起來，使謝金星的馬向着遠處的陰影東張西望，——謝金星也不使用他的脚跟，却低聲地呵叱着，他的馬可以說已經和他混得很熟，牠絕對馴服地聽從着謝金星的意思，——很快地走近那汽車的邊旁，一到那汽車的邊旁就停歇下來。

謝金星用粗暴的聲音叱咤着，

——司機老爺呀，……喏，是什麼鬼！兎子，你的奶奶的！連一個鬼的影子也沒有！

汽車裏坐着一個中年婦人和一個小孩子，——小孩子睡着了，中年婦人爲了汽車跑不動，天又黑，路程還是很遠而沈進了極深的憂慮和鬱悶中。汽車現在靜默默地，一點聲息也沒有。車伕是把自己的身體鑽進車底下去了，他憑着一枝螢火虫般的小電筒，憑着那精確熟練的指頭的摸索，在勘察那瑣碎繁什的機件，并且把那一條鐵管子發生毛病都靜心地加以鑑別。

如果這詢問的結果一點也得不到要領，是不行的。謝金星於是叱咤得更兇一點，他的馬也哱哱的噴着氣。——坐在汽車裏的婦人幷不是不知道這高高地騎着白馬的傢伙走近了來，但是她不管，她決不給以半聲的回應。這是一位了不起的女人，她至少具有南甯總司令部副官長太太所有的智識，她懂得當一個長官高高地直站在大操場的木台上，在東指西劃的當兒，就不知有幾千百這樣騎着馬的小將軍們，在他的脚底下，像一羣初脫殼的鴨子般的可悲地跳躍着，她看過了幾千百勤務兵，僕役，以及所有的下級軍官們的靦腆卑怯的不知羞恥的面孔。她雖然做了一個女人，却有她自已的驕傲。對於這些男人們，她簡直只有嘔吐和唾棄，——她從車窗裏探出頭來，伸出了一條毒辣的指頭，不勝其煩擾似的厭絕地指着車背後說，

——你是要到賓陽去的嗎？朝後面走！朝後面走！

——一點也不錯！謝金星知道那是一個不錯的女人，把喉嚨放嫩了些說；對

的呀，給你一猜就猜中了，我正要到賓陽去，——不過從這裏到賓陽還有多遠？唉，實在對不起！

中年婦人的腦袋更加拉出了窗外一點，她惡狠狠地向車背後揮着手，把她的話重複着，

——朝後面走！朝後面走就對了！

——不，你這樣告訴我是不夠的，你知道我要到賓陽的那一地方去呢？我是要到賓陽，大中國德興農場去，是的，賓陽，大中國德興農場！這裏還有我的朋友寫給我的紙片子，你一看就知道了！

說着，謝金星從馬背上跳將下來，灰暗而寂靜的晚色助長了他的胆量，他雙手恭敬地把一張紙片子呈過那中年婦人的面前。却不想那中年婦人突然發了火，她接了那紙片子，連看也不看，立卽把它擲在地上。

——什麽？她厲聲作色起來；農場？你是幹什麽的？怎麽不快些給我滾？

接着她尖着喉嚨，拚命地大叫，

——松九！——松九！

松九從車底下爲着躲避那些莫名其妙的銳利的鐵片的抵觸，要把身子移動，非常困難。

——松九！把駁壳拿上來，快些給我開槍！……强盜！山賊！……

謝金星太恐慌了，他立即跳上了馬背，把那重要的紙片子也拋掉不管，他的嘴裏發出了從來未有的怪聲，似乎只有這樣才能夠將這緊張，危險的空氣稍爲調節着，——這一次才曉得那馬的利害，牠也不等謝金星的脚跟在肚皮上動一動，像一枝拉得很滿弓的箭，只是一撒手，就飕的向前面射去了，把謝金星救了出來。

那是好得很，謝金星的馬正也應該在這時候跑得快些，不然，他們恐怕到今晚十二點還是趕不上賓陽。

現在賓陽的電燈是望見了，這一等縣的市面的確繁盛得很，旅館的門前有千百枝電燈在閃躍着，把半里外的小村子都幾乎照見了。——謝金星心裏有點着急，他不曉得是住旅館，還是住什麼地方好，那農場又不曉得從什麼地方去找去，……

在一間小旅館的門口，謝金星下了馬，——他只好決定去住一住旅館。但是正在這當兒，他忽然碰見了一個人。這個人是誰？謝金星似乎并不怎麼認識他。他是從謝金星的對面走來的，似乎正吃完晚飯，沒有什麼事，不過在街上隨便逛逛而已。他確實有些愕然，他能夠在這裏和謝金星重又相見，顯然是一種意外，——那麼他要試一試在謝金星的腦子裏是不是還存有着他的影子，當謝金星不曾下馬之前，他就肅然地站立在謝金星的面前，預備着對謝金星呼出了這貴重的字眼，「呵，連長！」……但是謝金星却不理他，在謝金星的眼中，他的身上一點也沒有值得注意的所在，他和街道上成羣結隊地走着的人沒有二樣。這使他覺得很痛苦，他應該羞慚，並且應該遠遠地走開去，再不要對那驕傲自尊的傢伙看，甚至還可以對那驕傲自尊的傢伙大罵一頓。他是可憐的，他是那樣的一點也不顧惜自己，他堅決地，甚至發了誓，爲着征取自己的地位，他甯願在謝金星的面前戰死了去。

那白馬是從未見過的一匹好馬，牠的純淨的毛衣在黝黑的夜色中閃出了一個令人目眩的光圈，在跑着的當兒，牠的短而結實的腰背在空間裏一起一伏，時而筆直地向前面奔馳，時而昂起了頸子向背後作着回顧，却是那樣的潑辣，活躍，壯健而優美，——無怪那虔誠的崇敬者是那樣惶急地躲在一邊，要不然，這稀有的駿馬從頭到脚，混身充滿着活躍而洋溢的力，牠並不曾爲了連日地跋山涉水的緣故而減少一分的威猛，眼看牠這樣汹汹地直衝而來，把馬路上所有的行人都驚動了，如果稍爲躲得慢了些，那就有被踩死的危險。

如今那駿馬爲一種神秘的魔術所制御，突然地靜止了。在馬背上騎着的勇士，高高地聳着他的肩背，翻身一躍，像石打的偶像似的在地上蹲蹲地分站着他的兩隻強勁而有力的脚，挺着腰，突着胸脯，——沒有人懂得他沈毅而神聖的胸懷到底暗藏着什麼。

那虔誠的崇敬者惶急地走到他的面前，凜然地鞠了個躬，嘴裏呼出了那貴重的字眼，

——連長！……

謝金星覺得很奇怪，以爲他是瘋子，幾乎要揮手叫他滾。但是他是頑強的，這是一個嚴重無比的生死關頭，他正和謝金星作着堅決不屈的戰鬥。

謝金星這才回憶起來——這不是別人，原來是蔡定程的令弟蔡作勳。

蔡作勳對着謝金星鞠躬，點頭。

——連長，他說；吳先生等你好久了！

——哦，吳先生？

——就是大中國德興農場的吳仲祥先生。

——對了！對了！我現在正想找他，他在什麼地方？他在等我？

——是，在等。我家兄恐怕他們不能招待得好，所以叫我先來通知他們。我又恐怕你先到，我趁的車太慢了。

× × ×

賓陽，大中國德興農場主人吳仲祥先生，純良，豪爽，不願意親近權貴，也不否認權貴的存在，總之他和所謂權貴的東西絲毫無涉。他和謝金星相見的時候，起首第一句就說，

——連長，不是我有意高攀你，是你光降到舍下來了，我沒有理由不歡迎你。

他本來是一個從鄉村師範畢了業很久無用的少年，他的畢業證書非常陳舊，裝在玻璃框裏，在客廳的牆壁上高掛着，——他曾經在鬱林城開了一個小書局，小書局并且還附設着小小的牛奶咖啡店，都沒有弄得好，後來失了火，都燒掉

了，他決然地捨棄了商場裏的活動，雄心勃發地跑到南甯去投考軍校，當他在履行那最初的預備試驗的時候，那冷淡而失去了表情的醫生用一條指頭，像查詢裏面有沒有東西在裝着似的，在他的深深地凹陷着的胸脯上敲擊了一下，證明了他的身體是如何的敗壞無用，他只好惶急地跑囘鄉下去結了個婚，全成了人生的意義，等候着有一天，就這樣默默無聞地躺進棺木裏去，而在未死之前，他聽了舅子的話，——他的舅子是一位大地主的兒子——創辦了這個小小的農場，那已經是三年前的事了，三年之中，這農場永遠帶着始創的匆忙而紛亂的姿態，不曾收穫過半條香蕉，半隻番茄，却在前後左右堆積着山樣的木料和竹籬，竹籬不勝其秋風春雨的侵襲，都發了霉，長起了紅色的菌類，而木料卻節節地給寸斷了，或者片片地給扯裂了，和砂石泥土混在一起，在路上給踐踏着。

謝金星這一晚洗了一個非常爽快的澡，又吃了一頓非常豐富的飯菜，因爲有點乏力，很早就睡了覺。這是一覺睡得比前一夜還要甜，直到第二天十點的時候方才醒來。

吃了早飯，謝金星對吳仲祥提議說要走了。

——怎麼？你現在就要走了？這是從何說起的呀？我正預備和你玩三個整天來看！

——不行！不行！舅子也說；怎麼能夠讓你這下子就走！你說笑話！——我的汽車已經預備好了。我們廣西的公路四通八達，隨便你逛到什麼地方去，我的汽車是一九三七年式最新的汽車，每天縱橫可以走一千二百五十里的路！

這使謝金星躊躇不決起來，他覺得這實在好玩，但是如果回得太遲了又怎麼辦呢？——不，他的馬跑得很快，那是一匹最好的馬，他不必害怕趕不上慶遠。

上午十一時卅分左右，他們的汽車出發了。這是一架着着實實，不折不扣的一九三七年式的最新的汽車，油着莊嚴而富麗的黃褐色，跑起來像一隻好鬥的勇猛的貓，吱吱地叫着，四隻膠輪如何盡速地在轉動，是誰都不知道的，舅子駕駛得也委實太熟練了，汽車簡直成了他整個人身的一部份，他喜歡當從那高高的山坡上向下直奔的時候放盡了所有的馬力，叫汽車跑得像飛起來一樣的快。

他們一共有四個人：謝金星，蔡作勳，吳仲祥和他的舅子。舅子很瘦小，似乎患着貧血病，卻也是一個暢快豪爽的傢伙；他只顧把汽車駕駛得很快，至於究竟要駛到世界上那一個角落裏去，他是不管的，他又愛說話，有時候簡直把駕駛汽車的事放置在腦後，把所有的注意力都分散在說話上面，每逢汽車向着路人的身邊衝過的時候，總要叫牠和那人挨擦得很近，至於使他在汽車過後的一煞那間，驚惶失措地把身子搖搖不定的擺動着，而自己則從車窗伸出了頸子，忘形得失地對那可笑的傢伙頻頻地作着回顧。吳仲祥和謝金星一同坐在後排的軟墊子上，兩個人靠得很近，——吳仲祥的身體是高而又瘦，如今在汽車裏坐着，像一條捲成了一堆的蛇，他的長長的面孔呈着鉛白色，和謝金星紅光洋溢的面孔相比，顯得一點光彩也沒有。他不知怎樣，總是把牙關咬得很緊，像在忍受着冰着，——謝金星卻壯健而且英勇，他的泰然自若的氣度，在這車裏的四個人之中是出色的，可驚的，他自始至終是那樣的把吳仲祥高高地制服着。吳仲祥無疑地是做了謝金星的俘虜了，他在謝金星的的身邊一有動作，手必定是顫抖的，一有發言，舌頭總是不聽受指揮，至於變成了可笑的口乞。

——我想，吳仲祥現在這樣說；我們……我們……把汽車駛……駛到南甯，去喝……喝一頓酒吧！

——不，他的舅子却表示反對；我們要駛到桂林去！

——桂林怎麼……怎麼成呢？桂林太……太遠了！

——不然就駛到梧州去吧！

——梧州不也是太遠嗎？蔡作勳插嘴說；我們最好是到鬱林去，鬱林是廣西的一個最漂亮的城，我們怎麼不到鬱林去呢？

謝金星默默地不聲不響，他的內心有着一種非常可笑的活動，並且所有的脾氣都發作了——而當吳仲祥必恭必謹地請問他也有什麽意見的時候，他彷彿還是怒氣未消的樣子，悻悻地說，

——鬱林！鬱林好了！

× × ×

如果有一個人從慶遠方面經過南甯，向鬱林方面走，他起初是爲那魔鬼般的奇異的山岳的壓抑而窒息，——南甯要算是廣西全省的文化和政治的中心區，但是對於這個窒息的人，它只能夠稍爲盡了一點刺激的作用而已；一到鬱林，看呵，這個窒息的人醒了！在鬱江沿岸一帶流溢着的空氣是新鮮的，這里的田園也多了，路道很平坦，人民很富庶，東望那廣東邊境的高大壯麗的大山脈，庸奴的人們多少會得到剛愎義勇的啓示吧！

色，墮入了更深的沈默，間或短短地歎息着，——他似乎一步一步的和其餘的三個人遠隔起來，甚至毫不留情地和他們決絕了。當在鬱林酒店吃飯的時候，他說出了更加難懂的話，而忿怒却不曾減少半點，幾乎到了非對吳仲祥他們叱罵不可的地步。

晚上，當吳仲祥和蔡作勳覺得很累乏，而很早就睡覺了之後，吳仲祥的舅子就悄悄地把謝金星帶到一個秘密的妓館里去。舅子一路上懇切地勸導着謝金星，叫他出外人不要把酒喝得太多，而一有積蓄的時候，就要立即把錢寄回家里去，使謝金星心平氣靜，兩人之間變得非常和好起來，謝金星拍着舅子的肩膀說，

——你要不要到前方去？

——去！一定去！我很早就有這個決心了，我覺得在家里很無聊，我想一個男子是應該走出外面去爲國家出力才對，但是軍隊的門路我一點也沒有，你能不能帶我一同走？

這時候，他們已經停在一間黑越越的屋子的門口，敲了門，在傾聽里面的動靜，而里面正發出了嬌嫩的聲音，

——誰呀？

謝金星應答着，

——可以的，明天你同我一道走好了！

——那是好極了！

兩個人興高彩烈地交談着，走進了那低矮的門子，顛顛簸簸地踏過那用細小的石子砌成的天井，走進了一個更低矮的門子，——那女人的身上穿着薄而滑的綢製的袍子，她挽着舅子的手臂，而用她的高突的屁股把謝金星的膝蓋挨擦着。

——這里一連有三間房子，都有門可以互通，却各都用了一條挨手布般很髒的白布簾在間隔着。舅子和謝金星進了中間的一間房子里，連老太婆算在內，這里一共有五個女人，他們極力地保持着一種生疎，不相識，并且幾乎是羞澀的樣子，

對那兩個男人看得發呆，男子和謝金星的談論繼續不斷，這談論比剛才是還要熱烈，却是那樣的糊塗而且紛亂，至於誰也聽不清誰在說什麽，——五個女人互相看了看她們自己，于是閧然大笑了，笑得有的倒仆在牀舖上，有的挨擦着眼淚。

男子老練地招着手，叫她們之中穿紅袍子的一個。紅袍子帶笑帶扭地從遠遠的地方一彪，像一隻小老虎似的彪到男子的身邊，男子於是用嘴巴挨着她的耳朵低聲地咕嚕了一陣。

紅袍子的面孔是扁的，不過比較還很好看，她只管乞乞的笑着，旁的人似乎還在窺伺着笑的機會，預備着再又一齊地大笑一場。

× × ×

在暖和的陽光照臨底下，鬱林城甯靜而且優美，牠安適地給建立在那縱橫一百里不見高山的平原上，讓那從郊外的小溪流和小樹叢之間悄悄地昇騰起來的奶白色的烟靄疎薄地覆蓋着，——街道上很潔淨，旅館，圖書館，理髮店和醫生局，都是很好的建築物，縣長是第一等的俄國留學生區渭文先生，……在郊外，人民的巍峨，高聳，寬敞，潔淨的房子毫不掩飾地表現着他們的財富，學生，少女，都各得其所，所有的駐軍極重紀律，他們也安適，快活，同樣地愛惜着各種各式的紀念品，在城內的低級照相館里，一天到晚永無休止的照相。

謝金星的脾氣變得更壞，他獨自個嘮嘮叨叨的咕嚕着，常常使吳仲辟疑惑不定的翻起了白眼膜，却又不能不裝着笑臉，表示他對於謝金星是如何的了解而且馴服，——更感覺着困窘的時候，就對他的男子發出了糊塗的問語，他的男子也糊塗地應答着。

下午，他們離開了那美麗的城，向回來的路上跑。——汽車保持着以前的驚人的速度，像一顆遠射的巨彈，撥開了地上的塵土，在空氣里颼颼地叫鳴着，剛才望見那前面的山還是遠遠地繪畫着蒼鬱平淡的一線，一下子，在這勇猛急激的巨彈射擊之下，那山就鬆弛地解開了牠的胸膛，至於毫無抵抗地攤開了牠的臂膊，讓牠的龐大的軀體在寸斷，在碎裂，像崩決下來的河水，從汽車的前頭洶湧地奔流到汽車的後面。

第二天的正午，謝金星在吳仲祥的家里吃了從未吃過的最好的筵席。吳仲祥把他所有的朋友和鄰人都請來了，其中有商會的委員，年老而缺乏新的知識的小學教師，店員，民團的分隊長，老書記等等，一共有十五個左右。

當吃喝得非常痛快的當兒，吳仲祥以主人的地位向所有的來賓發言了，

——諸位，他的聲音夾帶着咳嗽，又有點沙啞，不過還不至於口吃；今天，在我本人，能夠有這麼多的朋友參加這個宴會，是一件很不容易的事。……我的朋友蔡定桯先生，他曉得我在這里過着一種墮落，腐化，不上進的生活，想法子要把我改造改造，是他的一點最應該接受，最值得敬重的好意。我屢次聽從朋友的話，開書局，投軍，辦農場，這都是對國家社會很有益的事，可惜我是一個庸才——我有着很高的熱情，到底是不是這過高的熱情害了我，我自己也不知道，

這過高的熱情常常使我混身顫抖，幷且從極高的山巔墜進極深的谷里，我幾乎有一大部份的時間都是在黯淡無光，不見天日的境地中挨過，我知道世界上再沒有一個和我這樣可憐的人了！——喂，諸位，請聽我說出一點由衷之言吧！我沒有成見；不滿意別人的所爲，而自己做來却幷不見得漂亮，這樣的人簡直是一個無可救藥的瘋子，我對他只有厭棄。我呢，我非常地羨慕這世間，因爲這世間是熱烈的，我所有的朋友都重視我，幷且忠實於我，他們一點也沒有對不起我的所在，只有我自己對不起他們。現在要怎麽辦呢？我的朋友蔡定程光生，他每一次碰見我，總是叫我多多的鍜鍊身體，因爲身體是太重要了，……

在說着這些話的時候，吳仲祥滿面通紅，非常緊張，眼睛迸射着怪異的光燄，視線縮得很短，常常落在（看來）幷無實體的空氣里面。

……

謝金星騎着他的白馬，在下午二時左右離開了賓陽。吳仲祥全家以及所有的朋友和鄰人們都歡送他到離開賓陽城半里以外的地方，——賓陽城的市民們遠遠地望見一羣紳士簇擁着一位勇士走來了，那勇士高高地騎着一匹雄健而威武的白馬。

——團長！——團長！

——不，師長！我記得曾經在南甯總司令部的門前看過這個人，對的，我一點不會記錯，那時候他身穿黃絨軍服，脚穿馬靴，騎的是一匹棕色馬，瘦一點，沒有像這匹白馬高大，這匹白馬太好了！

市民們各都爲一種低聲地，急促地傳遞着的消息所聯結，從而一堆堆地塞積在街道上，跟隨着那白馬的騎者，慢慢地，無靈魂地移動着自己的脚步，——凡是謝金星所走過的街道，都爲無數的市民所擠滿，他們因爲總是出神地對謝金星的一身凝視着，謝金星一昂頭，一回顧，都使他們的身上起着奇特的反射作用，至於不自覺地在臉上起着痛苦的痙攣，或者把頸子扭動着，——在更遠的街道上站立着的人們也望見了。

——我看這不是李總帥，就是白副老總。

——什麽？李總帥？白副老總？他們到我們賓陽來了？

——也許是呀……我昨天聽見了這樣的消息，說是前綫的抗×軍已經和中央軍開始接觸，而且打敗了中央軍，夏威將軍的隊伍已經有兩師左右向湖南推進了，李白宣佈要在我們賓陽縣組織非常時軍政府。

——但是這位騎白馬的並不是李白。

——在我們廣西，當這風起雲湧的時會，所有的英雄豪傑都集中了來，我承認這裏面還有比李白更重要的人物！

謝金星的白馬是一產下來就決定了牠的尊貴和偉大的一匹馬，牠熟悉牠的主人所統率的市民，在這廣大而熱烈的市民的隊伍裏面，牠精明，得體，短而結實的腰在空間里擺動着輕微的波紋，用着鎮靜自若的步武在前行着，使所有的市民們都更熱愛牠，挨近牠，決不對牠懷下了一點點的危懼的意念。

× × ×

到了紅水河畔，已經是午後三點左右。謝金星讓他的馬在河邊喝水，自己懶懶地呼着對岸的渡船伕。

渡船伕從隔岸遲鈍地移動了他們的笨重的大木船，他們一個個分站在兩邊，曲着腰背，用肩膀去撑那長長的竹篙，無靈魂地從木船的前頭走到後頭去。河水捲着流渦，非常湍急地在滾動着，似乎分成了無數的個體，牠們互相間只要稍一起了磨擦，總是沒命地在扭絞着，有的在這扭絞中突然破碎了，痛楚地迸出了花沫，——大木船在中間走過，常常陷進了無能爲力，停頓，甚至全身痙攣的可怕的狀態，船伕們把竹篙靠在肩膀上一撑，無論怎樣用力，那怕全身的筋肉都抽根結核，至於起着高高的脊棱，都不能使大木船移動半步，臨到了這樣的場合，船伕們只好暫時靜止在兩邊的船舷上，却一律保持着同樣的姿勢，緊張着全身的筋肉，上身向前面傾斜着，像墻壁的浮彫上所常見的冀圖以最單純，最有力的姿勢去打動觀衆心嵌的角力者——彷彿是我們新廣西負責建設的同志們，集中了所有的人力財力，不容易弄成功的結晶品一樣。

謝金星起初沒有注意到，和他一同趁大木船過河的還有三個學生。謝金星和他的白馬上這大木船來的時候還很早，大木船照例等二十分鐘，看看有沒有更多的人要過河然後開行。臨到了要開行的一煞那，三個學生才力竭聲嘶地追了上來。

他們一踏上大木船，就開始注意那白馬。他們低聲地互相談論着說，

——恐怕就是這匹白馬了！

——我也這樣想，不過那騎的人幷不像一個連長。

——不錯，他的軍服是政務人員的制服，又沒有橫直皮帶，……

——他的胸脯上還掛着徽章呢！

——吓！抗×救國，這是什麼！從商店里隨便買來的！

那年紀較大的戴眼鏡的一個，帶了點少年老成的樣子，對於世間上的事姑且作如是觀似的冷淡地開始對謝金星問，

——連長，請恕我冒昧，我有一件事要報告你，剛才我們碰見了一個人，他問我們這路上剛才有一位騎白馬的連長走過沒有，我看他問的一定是你了。

謝金星很覺詫異。

——我看那人一定是你的朋友，戴眼鏡的學生接着說；他穿着漂亮的西裝，是一個又白又瘦的少年人。

——那麼他現在那裏去了？謝金星問。

——他正走在前面，他是趁前一次的渡船過河的。

戴眼鏡的學生同時問清了渡船伕，把自己的話確鑿地證實着。

謝金星懷着滿腔的疑團，過了河，急急地跳上了馬，也不回頭對那三個學生

舉禮告別，就叫他的馬飛速地向河畔的高高的斜坡猛衝上去，——不到半里遠，就把那奇怪的少年追着了，原來是吳仲祥的男子。

吳仲祥的男子非常愛慕謝金星的軍隊生活，他決意拋棄了半生不死的農場和他的姊夫，他要在謝金星的身邊做一個隨從，跟他一同到前線去抗×去。這個意思他是早就決定了，只恐怕他的姊夫要阻止他，他是從賓陽暗自趁長途汽車逃走的，——他實在狼狽得很，帽子也不戴，自己隨身最簡單的用物都不曾帶走，完全是一個幼稚，未見世面，帶着犢兒不怕老虎的勇猛與無知的小孩子的情態。這使謝金星看了也動起憐憫。謝金星對他說，

——那麼你還是趁長途汽車先到慶遠去等我吧！我今晚住大塘，明早從大塘出發，大約上午十一時左右總可以到慶遠去，……

× × ×

謝金星本來是應該在離開南甯後第二天到慶遠的，副官長限定他一往一返的

時間至多不能超出三天，謝金星一路上是經過了那麽多的奇特的事，整日里吃吃喝喝的，自己正也有點忘形得失的樣子，不覺已經花去了一個禮拜的時間。——在這個禮拜中，前線的局勢有了非常的變動，抗×軍不曾和中央軍打過戰，以前在路上所聽的消息都是假的，現在廣西的抗×軍已經和中央軍聯合了，廣西的「抗×」原不過是爲着要和中央軍打戰，現在既然不和中央軍打戰，「×」也就不必「抗」，……慶遠這地方已經在日前讓中央軍接了防，原來的抗×軍不曉得給調到那一個角落里去。謝金星再也找不着他們的司令部。

吳仲祥的舅子用完了所有帶來的錢，終於含羞忍辱地走囘他的姊夫那邊去。謝金星是什麽都沒有，只得了一匹馬。他狠狽得很，飯也沒得吃，又不敢帶他的馬跑到別地去，恐怕他的馬要中途被人截去了。他很懼怕，至於挨着飢餓整日里躲在一間無人過問的破屋里空守着他的馬。那白馬現在變得很憔悴，身體餓得很瘦，……

一個西風吹得很緊的晚上，謝金星爲飢餓所迫，悄悄地跑過了郵政局附近的一條狹小的巷子，走到樂羣社這邊來。慶遠城的市民們很早就熄滅了燈火，狹窄而破爛的街道陷進了從未有過的黑暗，——爲着要淸査城里的散兵遊勇，中央軍正在戒嚴。謝金星在街道上碰不到半個人，他的身上一個銅板也沒有了，如果像平日一樣，這街道上到處有牛肉攤子在擺列着，趁着人多手什的時候，他說不定可以有完全不花錢的東西入手，……

但是在前面，突然有野獸般的怪異的聲音叫出了，

——口令！

謝金星正想退下來，而猛烈的電筒已經準對他的面孔迫射着。

——舉手！

謝金星馴服地把手舉起了。

哨兵開始搜查謝金星的身，——電筒猛烈的光餤偶而劃過了刺刀的梢末，那

上面就有一種雪亮而青綠的光燄在耀眼地流射着。

× × ×

謝金星給中央軍帶回司令部里去之後，爲要避免許多的苦刑，他決意獻出了他的白馬。——他完全依照着所決定的做了。當司令部里的人知道他原本是一個馬伕的時候，就又給一個馬伕讓他當了。

長夏城之戰

——一名「長夏城的戰事是怎樣爆發起來的」——

若干年前，尼邦國的國王，驅着他的兵隊來侵占沙瑙國的土地；不消說，這尼邦國的國王是很殘暴的了。但是，如果他所碰到的對手也和他一樣的殘暴，那麼他這一次對沙瑙國的進襲，不但毫無意味，說不定還要自討沒趣，——沙瑙國的國王不會帶着他的兵隊去作一次猛烈的反攻的嗎！誰都敢於這樣斷定的。不過，這是一種假設，至於事實，尼邦國王所統率的兵隊已經在沙瑙國境中長驅直進，沙瑙國王顯然沒有抗拒敵人的能力，他是節節的屈服下去了。沙瑙的人民給殺死了不少，財產給刦奪了不少，土地給占領了不少，但是沙瑙國王對於這樣的嚴重的危難有挽救的法子沒有呢？那是半點也沒有！尼邦的兵隊在他們的國境中所幹的許多兇橫殘暴的事，他一聽便覺得駭怕，自己不敢出馬去接戰，還叫他以下的將帥都要學他一樣的躲藏起來，不要給尼邦的兵隊瞧見；恐怕敵不過他們，反而被他們所殺害。

沙瑙的人民看了這樣的情形，非常悲憤，大家都到國王那邊去請願，希望他快點統率兵隊去和敵人打仗，究竟誰勝誰敗，也要看打戰的結果怎樣決定，斷不能讓一國的人民生命，財產和土地白白地送掉。

國王沒有法子，不知怎樣回答好，便欺騙他們說，

——你們是讀書的嗎？打仗不是你們的事，你們趕快回去讀自己的書吧！你們是種田的嗎？打仗不是你們的事，你們趕快回去種自己的田吧！你們是做工的嗎？打仗不是你們的事，你們趕快回去做自己的工吧！你們是做生意的嗎？打仗不是你們的事，你們趕快回去做自己的生意吧！

——爲什麼不是我們的事呢？許多人都焦急地互相發問着；我們人民的生命給殺死了，財產給劫奪了，土地給占領了，這難道還不是我們的事嗎？

他們知道對國王請願也沒有什麼效果，勇敢而急進一點的，就索性自己組織了許多兵隊，開到前線去和尼邦的兵隊打仗去。這種行動顯然違背了國王原有的意旨，國王覺得這些人不聽命令，放肆，就設法子來消滅這些人，——他不去跟敵人打仗，卻驅着兵隊來屠殺自己的人民，幷且，這樣的事也好像有着極其充分的理由似的，他說，

——你們這些叛徒，鎮日里作亂，害得我不能跟尼邦國打仗，卻把所有的兵力用在你們身上！

許多人民眼看尼邦的兵隊的兇橫殘暴的行動，是非把沙瑙全境一口吞下不止的。國王既然沒有抗拒敵人的能力，就應該由人民自己起來抗拒，但是也不許可，反而驅着兵隊來屠殺他們：這樣的情形，使全國的人民都非常失望，沒有法子，他們只好去向着菩薩禱告，希望有一天，神的兵隊開來了，剷賣國賊，殺退尼邦的兵隊，從危難中救起他們。

他們的希望是并不落空的，到了一天，有一隊十分强勁的兵隊在沙瑙國境中和尼邦的兵隊對壘，開了整整三個月的大戰，把尼邦的兵隊打敗了。他們的勇敢的行動在沙瑙的人民看來，幾乎是神人不分，——當然，沙瑙全國的人民對於這一次偉大的戰功之建立，將怎樣的讚歎和歌頌，是一想而知的；但是，這卻不是什麽「神的兵隊」，而是防守沙瑙國境的一隊普通平常的兵隊呢！

這一次偉大的戰爭，是在長夏城發動起來的。長夏城是沙瑙國的一個極重要的市鎮，位置在白梨河的西岸，——白梨河是黃泥江的支流，從南面蜿蜒地流向北方，在距離長夏城五十多里的六涇口地方和黃泥江匯合，然後流向東方，滾入海洋。黃泥江是沙瑙國的許多河流中最長的一條，真的是沙瑙國的生命的紐帶，沿着一萬八千餘里的長距離的流域，結着纍纍的繁盛的市鎮，以及無數大大小小的湖，渚，池，沼。沙瑙國的京城，就在黃泥江的岸畔，——這個京城，實不愧爲全國繁榮集萃的處所，它不但接受了黃泥江上游一帶的物產，并且從黃泥江直通南北沿海的各個口岸，好比大樹的根深入泥土，去吸取一切營養的資料。對於這樣的富饒優渥的寶庫，要找出一個站在它的外緣而負起防衛的職任的市鎮，那就是長夏城了。

長夏城雖然不比京城的繁榮，但是它的地位在沙瑙國的重要，正如大廈之有門戶，人身之有咽喉；如果尼邦的兵隊一旦把長夏城攻陷，那麼沙瑙國中任何珍貴的財寶，都要失去保障，——沙瑙的兵隊在長夏城這一戰的勝利與失敗，有關於他們的國度的存立與顛覆，是可想而知的。

長夏城的戰爭爆發於一九××年元旦的前夜，——沙瑙的人民，以每年元旦的前夜爲最快活的日子，因爲他們認爲這是天神的賜與：天神把所有一切的邪魔加以降伏，這樣又敎他們平安無事地度過了一年。然而他們現在就不是這樣說了，當然，對於他們，這元旦的前夜依然是一個最快活的日子，他們卻要變更了口氣說：因爲他們沙瑙的兵隊正在這一日的深夜開始戰勝了他們的敵人！

當尼邦國的兵隊將要開抵白梨河的岸畔之時，他們下給長夏城守士的戰書，是已經對沙瑙施以極度的辱沒和鄙視了：那戰書是這樣寫着，

——現在我們許給你們的時間是三日，三日之中，你們儘管細密過詳的思量吧！對於我們大尼邦國的皇軍的遠征，到底是抵禦好呢？還是降伏好？但是，我們大尼邦國的將帥，爲着憐憫你們，卻不能不對你預早地下個警告：在這樣危急的時候，你們如果要從一切災難中去救出自己，那最上乘的計算，就莫過於決然地拋棄了一切兇危動武的策略，立刻拱手把長夏城交給我們！

守禦長夏城的統帥是羅平大將，他接了這道戰書，立刻轉呈到國王那邊去。國王一看了那戰書非常恐慌，就下了一道命令，叫羅平大將立刻帶領兵隊沿着白梨河的上游向南撤退，讓出了長夏城。

沙瑙國王是儒怯的，他手下的羅平大將正也和他一樣的儒怯：凡是他所下的命令，羅平大將都絕對地遵守了。但是羅平大將手下的許多兵隊，對於羅平大將

所發下的命令，卻并不如羅平大將對於國王的命令之誠意而且悅服，就是說：他們并不是懦怯，而是勇敢的。

——我們手里執着武器的人逃走了，丟下了我們的土地和人民，卻讓我們的敵人在背後拍手大笑說：哈哈，沙瑙的兵隊呀，世界上還有什麼語言可以形容出你們的胆怯和怕死的嗎？請你們都告訴我們吧！在我們大尼邦國中卻還是找不出這樣的語言呢！

他們這樣的說着，大家都感覺到無限的羞慚和憤恨，——如果知道他們前進殺敵的心是怎樣的迫切，就難怪他們在撤退的時候是怎樣故意的表示了遲緩，譬如他們決定撤退的時間是在元旦的前日，而他們爲着不忍和他們的土地與人民遽爾分離，就戀戀地要在這行將訣別的長夏城多駐了一個晚夜。不是如此，沙瑙的兵隊，便不能在長夏城的嚴重的陣地中表現出他們的英勇，另一面呢，尼邦的兵隊占領了長夏城之後，就難保不把沙瑙全境都席捲以去了！

尼邦的將帥對長夏城的守士下了戰書，三日的期限已經過去。羅平大將答應過他們，第三日一定把防守長夏城的兵隊全部撤退，但是事實卻顯然說明了羅平大將這個答應是怎樣虛妄，因爲沙瑙的兵隊，到了第三日的晚夜，還是毫無動靜地在長夏城屯駐着。尼邦的將帥非常震怒，立刻就下了進攻的命令。

就在這個晚夜，尼邦的兵隊，乘着他們的戰艦，從六涇口駛進了白梨河，在長夏城的近郊偷偷地登陸，頃刻之間，他們的尖兵已經在長夏城的市門四處活動，許多下級將官，用了迅急的手段，各都劃定了進攻的地區，并且在每一個險要的隘口放置障礙物，在適當的地點安設了機關槍和大砲，——趁着長夏城的守士還未被驚醒，那兇猛的坦克車，掩護着後面的戰鬥兵，就開始馳騁於長夏城的街上。

尼邦的兵隊是威猛的，他們到處屠殺了沙瑙的人民，奪取了沙瑙的土地，現在，對於他們，戰爭已經成爲可以賣弄身手的英勇而光輝的事了。他們一律的戴着黃色的鋼盔，穿着黃色的制服，好像來自曠野的狼羣，在朦朧的夜色中，尤其顯現出他們的兇狠和猙獰。他們的機關槍在每分鐘至少可以射出一千的子彈，用這集密的子彈射殺敵人，正如小孩子放小便去掃除螞蟻一般的利便。他們的大砲轟出來的砲彈，到了半天又爆成碎片，這些碎片從半空里直灑而下，猶如挾狂風以俱來的驟雨，除非立刻走進死亡之門，要尋得藏身的處所，那簡直是一場幻夢。他們的坦克車裝配着堅固而有力的鋼鐵的鸞輪，憑着這鸞輪的轉動向前推進，卽使有鐵鑄的堡壘，也要給衝破下來，——上面幷且安設着猛烈的鋼砲，這鋼砲可以自由活動，看見敵人在那邊，就朝着那邊發射，那簡直是從神仙那邊得來的寶貝，……

沙瑙的兵隊，現在被淹沒於猛烈的炮火里面，好像沈溺的人，在臨死的時候，什麼都失去了憑藉，只好作着悲慘的掙扎，他們一定枯啞了喉嚨，喊出了淒厲疾苦的喊聲，但是他們就是喊得喉嚨破裂了，也得不到一個救援的人，因爲沙邏全國的兵隊都接受了國王的命令按定不動，他們不願接受國王的命令，要和厄邦的兵隊對壘，就只好孤軍作戰。處在這樣嚴重的陣地，要是他們還有清醒的智力，在死亡中奪回自己的生命，把寶貴的生命留存，就必須擺脫敵人的追襲，趕快向後逃遁。但是這時候，敵人的砲火在整個的空間里交織着稠密的彈道，好比獵人捕捉鵪鶉所用的巨網，他們就是長着和鵪鶉那樣的可以遠颺高飛的翅膀，也無所致其用，——他們的武器，只是一桿破舊的步槍，或者一把銹鈍的大刀，但是這大刀是很重的，一隻手不能舉得起來，必須用兩隻手，用兩隻手去舉起一把銹鈍的大刀，那是顯見得如何呆笨！他們之中，真的有不少舉着大刀左衝右突，在搜尋不知隱身在何處的敵人，但是敵人還沒有搜尋出來，自己卻已經為敵人的槍彈所射殺了。他們的步槍，大約每分鐘至多只能發射一粒子彈，而每人所帶的子彈又十分缺乏，并且槍管是爛鐵所造的，只要發射過十粒子彈之後，就難免炸裂，這樣卽使子彈十分的充足，也無所致其用！他們從來不曾經驗過這樣嚴重的國際戰爭，如果他們還有一點作戰的經驗，那不過也是從內戰中得來：他們一向做了統治者的爪牙，爲國王一已所御用，去鎮壓全國的人民，這些人民連好像他們那樣的步槍和大刀都沒有，他們用以和兵隊搏鬥的只是他們天生的一付身手；他們用了步槍和大刀去屠殺這些人民，也足以使他們伏屍萬里了，拿雙方的武器以及作戰的方式來作個對比，他們所處的地位，不就正如那些手無寸鐵的人民嗎？而他們的敵人所處的地位呢？那是恰恰好比他們自己，好比他們自己用步槍和大刀去屠殺那些手無寸鐵的人民。

坦克車在他們的陣地中往來馳騁，大砲和機關槍的洞口，噴着殺人的鐵泡子，爲子彈和砲彈所擊殺的沙瑙人倒在那爲細石砌成的長夏城的街上，又受了坦克車的輾轢，就立刻變成了肉醬，……

然而沙瑙的兵隊是勇敢的，在這里，雖然勇敢和懦怯的歸宿是同樣的淪於死亡，不過勇敢和懦怯，卻已經被放置於天秤之上，而有高貴和低劣的評價了！

沙瑙的兵隊，他們現在踏着自己的同伴的血跡和尸體，在應接他們的敵人，——大刀不能揮動，就把大刀丟掉不用吧，步槍不能發射，就把步槍也丟掉不用吧，——要是他們現在還有戰勝敵人的法子，那就是捨棄他們自己的陣地，向着他們的敵人直奔過去，去刼奪敵人的大砲，機關槍和坦克車，用敵人自己的大砲，機關槍和坦克車去殲滅敵人！——他們之中，每一個都下了這樣的决心，并且每一個都毫不猶豫的行動了。這樣經過了一場血肉的搏鬥之後，尼邦的兵隊，已經把大砲，機關槍和坦克車一并移交在沙瑙兵隊的手里；現在，沙瑙的兵隊也學尼邦的兵隊一樣，使大砲和機關槍的洞口噴出殺人的鐵泡子，爲砲彈和子彈所轟殺的尼邦人倒在地上，又教坦克車把他們輾成肉醬，——尼邦的兵隊現在潰敗了，他們一個個在狼狽地奔竄着，要是他們還有清醒的智力，在死亡中奪回自己的生命，把寶貴的生命留存，就必須擺脫沙瑙人的追襲，趕快向白猍河上的兵艦逃遁，——但是要怎樣逃遁好呢？大尼邦國的尊榮驕傲的兵隊，處在這樣嚴重的陣地，卻只好全部覆沒下來！

當沙瑙的兵隊正在大舉反攻的時候，聚集於白梨河沿岸一帶的尼邦的後備軍，聽見前綫的砲火，比先早他們向沙瑙的兵隊作初次進攻的時候還要猛烈，他們歡喜極了，一個個都發狂地叫着，

——你們聽呀，這是我們大尼邦帝國的兵工廠所製造的大砲和機關槍的聲音，好比我們所豢養的獵狗在追襲着野兎的時候汪汪的叫鳴，我們聽得太慣熟了！

這時候，他們的將官就激勵他們說，

——你們去吧！去親一親沙瑙死尸的甘美的滋味吧！再遲一刻，要論功行賞，因爲比你們功勳大的人太多，你們再也休想還有站立的地置！

他們於是立刻從白梨河的岸畔向前線出動，——他們不必準備怎樣和沙瑙的兵隊交鋒，因爲他們的前鋒已經把沙瑙的兵隊一鼓殲滅！他們把槍桿子馱在背

上，也不在手里緊執着；他們的大砲在砲車上擱置着，許多應用的機件都沒有裝配好，也不把砲衣卸下；他們的坦克車沒有開足馬力，懶洋洋的落在後面，當為一種贅累而無聊的東西，一點也顯不出什麼威力，因為他們太高興了，人倒比坦克車跑得快，一個個都趾高氣揚，非常驕傲，好像長夏城現在已經變成了他們尼邦國的境界，他們就是在這里高枕仰臥，也可以一無顧慮的一樣！但是他們卻絕不知道，沙瑙的兵隊用刼奪過來的武器殲滅了他們的前鋒之後，已經越過了他們先早所佔領的陣地，沙瑙的兵隊要在同一個時候中掃清了所有殘餘的敵人，正朝着白粱河的岸畔着着推進，剛才從白粱河的岸畔出動的敵人，到了中途，就和他們相遇。

時候已近黎明，但是因為下着溟濛的細雨，戰場上的景物，在死灰色的殘夜中還是十分濛糊，尼邦的兵隊認不淸他們所遇到的勁敵是些什麼人，——他們戴的是竹製的帽子，穿的是不一律的破舊的衣服，看來好像一羣瘋狂的野獸，不顧生死，只是橫闖直衝，但是他們卻用赤手空拳去刼奪了大尼邦帝國的兵工廠所製造的武器，——大尼邦帝國的兵工廠所製造的武器，現在已經給操持在這些野獸們的手里。尼邦的兵隊，現在反如雞雛遇鷹鷲，小鬼見大王，一個不留神，就要把生命斷送，他們來不及挺身接戰，而沙瑙的兵隊，卻已經把他們殺得落花流水，片甲不留！……

沙瑙的兵隊最初第一次把他們的敵人打敗了！這個消息立刻傳遍了沙瑙的全境，沙瑙的人民都覺得非常驚異，因爲他們不相信這將爲尼邦帝國的遠征軍所掃蕩的國境中，還存有着這麼堅決勇敢的健兒。現在他們都從很遠的地方走到長夏城來，爲着要了解這件神奇不可思議的事情。

沙瑙的人民和兵隊，原來還有很深的隔閡。沙瑙的兵隊一向做了統治者的爪牙，爲國王一己所御用，對於本國的人民，非常殘暴，一旦遇到外來的侵略者，卻俯首懾服，半點也不敢反抗，他們吃的是人民的飯，穿的是人民的衣服，住的是人民的房子，不用種田也不用做工，但是到了需要他們和外來的侵略者作戰的時候，他們卻只顧逃自己的命，把人民的生命，財產和土地都一手斷送。有些勇敢的人民想把這些無用的兵隊一脚踢開；防守國土，抵禦外敵：這種嚴重的任務都由他們自己去担當。但是國王已經和尼邦帝國講了和，兵隊們看看這些不入正軌的人民不好好地款待尼邦帝國的兵隊，卻胆敢和尼邦帝國的兵隊作對，這就是國王所仇視的暴民，他們立刻搖旗擊鼓，就要把這些暴民一氣掃蕩，因而人民對於兵隊也十分的記恨，人民們忍受着這種兇橫無理的壓迫，正希望到了什麼時候，好在這壓迫之下翻身崛起，也用同樣的手段來宰割那些盲目不自覺醒的兵隊。

但是到了現在，這兩方的寃仇都好像雲散烟消，來自全國各地的人民，在長夏城聚集起來，看着沙瑙的兵隊，忽而開動，忽而集合，又在白梨河沿岸一帶構築工事，裝沙包，開戰濠，到處架搭互通訊息的電話，整日里忙個不了，而那些給打敗了的敵人，一些殘餘隊伍已經逃回他們的戰艦，現在是匿跡消聲，半點也不見動靜。他們越看越覺得沙瑙的兵隊偉大，越看越覺得沙瑙的兵隊可愛。而沙瑙的兵隊，現在對於人民也表示得非常愛好；沙瑙的兵隊穿着樣式不一律的破舊的衣服，戴着竹製的帽子，又值天氣嚴寒，他們的面孔給凍得變成茄子一樣的青紫，有的甚至變成火炭一樣的焦黑，——這些看來都好像死人的面孔，卻閃爍着活躍的光彩，顯示着各人的堅强不屈的決心，……他們於是拉拉那些兵隊的手，一個個的安慰他們，并且對他們懇懃地作着詢問，

——你們是什麼地方人？……

——我們是沙瑙人！

——你們在打仗的時候，也想起了你們的爸爸和媽媽嗎？他們一定很憂心你們。

——我們不但想起我們的爸爸和媽媽，并且想起全國的人民，……

——你們上火線的時候怕不怕呢？

——不怕！

大家聽着，都低下了頭，沉默着，這些兵隊的堅毅勇敢的態度使他們太感動了，他們有的梗着喉嚨，再也說不出什麽話，有的睜着眼睛只管對那些兵隊凝望着，有的卻把面孔轉過那一邊，偷偷地哭泣起來。

但是他們的心中卻懷着一個不可解的謎，他們知道，好像沙瑙這樣的庸駑積弱的民族，要那樣英勇地粉碎尼邦帝國的侵略，那還是漂渺無期，至少總不是從今日開始的事，他們不相信在這將爲尼邦帝國的遠征軍所掃蕩的國境中，還有這麽堅決勇敢的健兒，——對於這偉大的戰功之建立，他們始終喚不起稱爲強固的信念，因爲他們十分地明白，尼邦帝國的遠征軍所攜帶的武器是戰艦，飛機，大砲，坦克車和機關槍，而他們沙瑙的兵隊所用的武器卻只是一把笨重的大刀，或者一桿劣鐵所造，而子彈又非常缺乏的步槍。

——你們到底憑什麼去戰勝敵人？

一問起這句話，兵隊們的身上，爲無數千萬的人民的視綫所聚集，因爲羣衆太多，人民們有的高着脚跟，伸長着頸子都望不見兵隊的影子，就只好側着耳朵在傾聽他們的聲音。

但是涉瑙的兵隊對於這個問題卻始終拿不出較爲清晰些的回答，他們的心里似乎保存着什麼秘密，或者把這秘密公開是一件十分痛苦的事也未定，他們只是濛濛糊糊的說出了一點，不然就沉默着，始終也聽不出一點什麼。這樣他們就從這廣大的人民的羣衆中走了出來，有的去擦槍，有的去喂馬，去做他們戰場上的許多繁冗複什的事，結果，人民們都好像神會意遠，微微地笑了一笑，卻沒有一個能傳出稍爲可以置信的消息，不過大家都覺得非常歡喜，也許他們已經在心中暗暗地領悟了一點什麼。

這些聚集在長夏城的人民，在涉瑙兵隊的營幕中往來出入，毫無界限，他們那種親睦無間的情形，正好比一家的人。他們和兵隊燒飯，料理食具，裝沙包，開戰壕，運輸糧食，凡是兵隊所需要他們幫助的，他們都小心經意的做着。

在長夏城，有許多市儈流氓，爲尼邦人所收買，做了尼邦人的走狗，來偵探沙瑙兵隊的秘密，或者結集了一些同類，在沙瑙兵隊的陣地中到處搗亂，這些沙瑙民族的叛徒，一爲沙瑙的兵隊所捕獲，沙瑙的兵隊總是毫不留情地用最辛辣的手法來宰制他們，有時這些被捕獲的叛徒太多，兵隊們有點管不了，就把他們交在人民的手里，人民幫助兵隊做完了許多事情之後，覺得有點累乏，找不到什麼消遣，那麼他們現在用各種各樣的無情的手法來凌遲這些叛徒，倒是一件很暢快的事！

羅平大將下了退兵的命令之後，慶幸着那兇危的戰禍在無形中消弭了去，早就跑到京城去向國王覆命去了。忽然聽見他的兵隊違抗了自己的命令，不但不趕快放棄長夏城，沿着白梨河的上游向南退撤，卻反而在長夏城起動干戈，和尼邦帝國的遠征軍打起仗來，在白梨河的岸畔，毫無顧忌地殺戮了整千整萬的尼邦人。這不是沙瑙國的光榮，而是預兆了沙瑙國的無可禳禱的災難：尼邦帝國的遠征軍，從此要瑙加數百萬倍的殘暴和兇猛，以征服一切爲唯一信念的尼邦國王，必定也半點不會容許這種急變的事，不管沙瑙國王對他獻出如何忠誠懇切的文牒，或者無條件地答應了尼邦帝國所有一切的要求。尼邦的兵艦將要填塞了沙瑙沿海一帶的口岸，以及內地的江河，尼邦的飛機將要掩蔽了沙瑙全境的天空，尼邦的大砲和坦克車，將要把沙瑙整個的土地一口吞沒。沙瑙的國王以及所有一切的文武官員，於河山破碎之時，或爲尼邦的遠征軍所俘虜，做了不見天日的囚徒，或流落他邦，做了顚連遷徙的亡命者，那種愁慘的景象，更不是今日所能想象出來！

羅平大將正在惶惑焦急之時，忽然一位侍衞遞進了國王的一道詔書，他戰慄震恐的把這詔書展開，瞬了眼從頭看下，還沒有看到端末，就嚇得面孔發青，身子一呆，從那高高的椅子跌倒下來。

原來國王的詔書，叫他立刻動身到長夏城，把他的暴亂難馴的兵隊全數帶走，決不能在長夏城再作一刻的逗留，至於長夏城一落到尼邦帝國的遠征軍的手里之後將陷於何種情景，——這是沙瑙國王和尼邦國王兩間的意思，沙瑙的兵隊只能遵從沙瑙國王所指示的道路去走，對於這些，可以絕然地不必加以聞問。如果羅平大將不能達到這個嚴重的任務，那麼，他的崇高的權位只好留給他的後代去作個長遠的紀念，對於他的家族要怎樣安置也可以在此刻詳細說明，——沙瑙國王已經派定了手槍隊在等候着他，他一回來，就立卽取去他的性命！

羅平大將當日趁着特用飛機，從京都到達了長夏城，他想要找一找他的軍部，如果軍部因爲太重要，當這戰爭嚴重的當兒，已經隱蔽在別的地方，不容易找得着，那麼就找一找師部也好。但是他一時心忙，從京都來的時候又沒有帶下了一個嚮導，而長夏城的街道，好幾處經過了激烈的巷戰，都起了極大的變異。

甚至呼他連東西南北的方向也記不下來，這樣亂撞了一陣，才走進了沙瑞兵隊的一個很小的營幕里去。但是他覺得很奇怪，在門口守衛的兵士，儘管氣兇兇地擇視着他，也不對他舉槍致禮，一隊隊的兵士，在營幕里面，或者靜靜地躺着休息，或者操作着各種的事，準備着更激烈的作戰。其中幷且混什着許多人民，也和兵士一樣在營幕里往來出入，彼此沒有半點分別。他們看見羅平大將走了進來，都作着不見不聞的樣子，連眼珠子都不朝着他看。羅平大將在營幕里站立了好些時候，對兵士們盤問了一些話，發起脾氣來，又叱咤了幾聲，但是半點不能顯示出他自己的偉大，甚至連他自己也要對着自己懷疑起來，現在，在這些雄糾糾的兵士的隊伍中，只有兵士才是偉大的主人，所謂將帥的威武，已經值不了半文錢，——這些兵士，忽而集合，忽而開動，也沒有人命令他們；營幕中彷彿又設了法庭，在這里，勇敢前進的人，得到光榮無比的褒獎，儒怯後退的人遭受慘酷無情的毒刑，他們不知從什麼地方領得了這種偉大的權力，也不知從那里來的皇帝把這種偉大的權力付給他們。他們因為所獲的沙瑙民族的叛徒太多，有點顧不了，就把這些叛徒交在人民的手里，叫人民自己去處理，就連這些卑賤的人民，也有掌握刑事的尊嚴！

羅平大將看出這種風勢有點不妙，就走出了那營幕，在長夏城的街道上走了一週，又看見許多兵士和着許多人民在裝沙包，挖戰壕，非常忙碌，有許多過街的小販把肩上的担子放下，用自己的担子和着沙包一起堆砌起來，那簡直又是有些近乎瘋狂的行為了！依照他們的意思，他們將不惜讓這和平寧靜的長夏城為戰爭的毒燄所吞沒，更不惜引起尼邦帝國的遠征軍的大火在沙瑙的全境釀成燎原；他們對於戰爭的準備，并不是計算着一時一日，他們將要永遠的戰爭下去，直到長夏城變成一堆瓦礫，又從這瓦礫堆中長起了蔓草，再又在蔓草中養大了田鼠和蝦蟆，——要是在這一日中，白梨河的岸畔還有一個敵人的影子，不，在沙瑙的整個的國境中還留存了尼邦帝國的遠征軍的足印。羅平大將現在要想把這些暴亂難馴的兵隊全都帶走，不要在長夏城多留一刻的時間，那是絕對地不可能，除非做夢！

沙瑙的兵隊如何去戰勝他們的敵人，這在他們自己自然有着極深的隱痛，但是在遠遠近近的人民中傳聞起來，卻變成了一件神奇而不可思議的事，因爲全國的人民都很清楚，尼邦帝國的遠征軍所有的武器是戰艦，飛機，大砲，坦克車和機關槍，而他們沙瑙的兵隊所有的武器卻只是一把笨重的大刀，或者一桿劣鐵所造，子彈缺乏的步槍！

沙瑙的兵隊憑什麼去戰勝他們的敵人，沙瑙全國的人民都不了解其中的理由。

——這勇敢的兵隊的統率者是誰呢？

末後，許多人只好暗暗地這樣問了。當然，沙瑙全國的人民不會不知道，這勇敢的兵隊的統率者是羅平，……

羅平，他發現了自己的職權之喪落，如今他就是依據着山神的金身出現，也不能再在這叛逆的部屬中重復豎起原有的尊嚴，他走出了營幕，離開了他的兵隊，——他既不能命令他的兵隊立卽從長夏城的陣地撤退，想起國王的嚴峻而無可違背的詔書，正在暗晴的納悶，猶如啞子吃黃蓮，說不出苦，爲着找尋他的疾苦的靈魂的避難所，他獨自個走進了長夏城的街道，陷入了長夏城的盈千累萬的市民的重圍，——

長夏城的市民帶着從死亡的刼難中重又安然地歸來的喜悅，用着謳歌讚歎的歌舞者的熱情，在迎接他們的勇敢的戰士——他們戰士的唯一領袖，羅平將軍，——看呵，傾城而出的市民們看呵！他沒有護衞，不避危險，太陽在他的赭褐色的顏面上照耀着，他顯得特別的壯健而且尊嚴，人類的高貴的熱血在他全身的脈膊里奔馳，憑仗了他的力，長夏城的偉大的戰功，已經建立，後世的子孫們，將在那花崗石的紀念碑上指着他的尊榮的名號，他們要說：羅平遺留給我們以鎮懾一切伉敵的神勇，如今我們一個個都依據着他的壯健的雄姿長大了，我們可以用我們的燦爛的光耀，去制御宇宙間一切的殃災，一如符術與咒語之制御不可知的邪魔，因爲羅平的靈魂以一化百，以千化萬，他在我們的軀殼中隱潛地長大了，他影響於我們的身心和容貌，正如我們的父母所傳授的血緣！——看呵，傾城而出的市民們看呵，他以中世紀的騎士的神勇，聳身越過長夏城的街道上爲應付戰爭而設置的障礙物，沿着那靜止如鏡的白梨河的岸畔，在鐵製的河欄的邊旁，威武，沉着的走着來了，長夏城的潮濕而又馨香的風兒採拂着他的衣襟，露出了里面的鮮紅色的織絨，愈加顯見得他的戎裝的莊嚴和尊貴，他的面孔帶着爲巨深的憂患所沖洗的戰鬥者的沉鬱和悲愁，但是他堅決，鎮靜，彷彿沒有一種外來的力能夠動搖他全身所放射的光芒——他一定爲着視察長夏城的戰地，因而走出了他的決勝千里的帳幕，他扮成一名小卒，一個軍曹，要用低下的外衣來掩蔽他的遠射的光輝，從而隱藏了己身的偉大，卻不知這盈千累萬的市民們所歡呼迎接的來者，正是長夏城的守士的唯一領袖，英勇的羅平！

盈千累萬的市民們，以長音節的呼聲高喊，

——羅平將軍萬歲！

這聲音一陣强烈似一陣，構成了奔騰的巨浪，冲洗着長夏城的灰黯色的全貌，長夏城的一閭閻，一座座的平舍和大廈的屋頂，猶如加添了貴重的寶石，放射出燦爛的光輝：如今長夏城遇到了極度的緊張，遇到了爲空前所未有的喜悅所激起的瘋癴，它停止了全部的交通，停止了脈膊的跳動，用窒息的胸懷去擁抱羅平將軍的崇高的尊嚴！

羅平大將所到的地方，兩旁的市民都肅然侍立，凝神眙目，在瞻仰他的偉大的儀容，等到他走過之後，就又交頭私語，用低微而鄭重的言辭，把偉大的羅平大將的名字偷偷地傳誦。

羅平大將一向在高樓大廈中和他的從僕妻奴一起，從不曾接觸過廣大衆多的人羣，——他不知道沙瑙的人民是反抗侵略者的戰爭的擁護者，只知道沙瑙的人民是反對投降外敵的國王的兇橫無理的暴徒。現在他以主戰者的身分出現於沙瑙的人民之前，發見了沙瑙的人民，并不如王族之徒口中所說的兇橫無理，這廣大衆多的人羣，一個個都掬着敬愛悅服的面孔，對於羅平，簡直是一種奇跡，當然也不能不叫他暗暗地有所猜疑，……

太陽將要下山，羅平大將找不到適當的去處，還在長夏城的街上躑躅地作着亂跛。如果他現在走回京師，國王要執行他的刑事，他實在沒有法子可以請求國王的許恕，但是不回京師去又怎麼辦呢？如果他在長夏城再又停留下來，他的兵隊對他這樣的不分尊卑，也難保他們不設下什麼鬼計，偷偷地把他暗算！

沙瑙的末日還沒有到臨，尼邦帝國的遠征軍吃了敗仗之後，已經匿跡消聲，究竟誰將得勝，誰將敗亡，還不是今日所能判斷，——只有羅平大將自己卻是走上了沒落的窮途，如果他現在還有一線的生機，那只好是卸職出走，到遠遠的地方去亡命！

他於是設法子變了服裝，潛進了長夏城的一個很小的旅館里去，打算暫宿一夜，對於明天出走的走線，還要慢慢兒思量。

他在旅館里看到了許多報紙，這些報紙都用了極大的篇幅在記載着當日長夏城的守士如何與尼邦帝國的遠征軍交戰的情形，主持輿論的人們，對於這一次的戰爭并沒有表示怨望，卻反而衆口同聲，說這一次戰爭的爆發，是已死的沙瑙民族昂然崛起的先聲，從今以後，沙瑙民族的運命將從荊棘叢中走入康莊的坦途，沙瑙民族將來的偉大與繁榮，正也在這里發軔推進，——誰是這偉大的戰功的建立者？那是防守長夏城的勇敢的兵隊的統率者是誰呢？現在，全國的人民都知道了，那是偉大的羅平！

羅平大將在長夏城的一個很小的旅館中隱匿了，他的倉皇失措的行踪，如今卻作爲一切消息的探採者所需求的秘密而被發現。第二天的早上，羅平大將還沒有起身盥洗，新聞記者和民衆團體的代表已經包圍了那奇蹟的小旅館，擁入了他的臥房；在那灰黯而缺之光線的房子里，新聞記者燃起了可狄(Kodek)的火燄，用着最準確的鏡頭，去攝取羅平大將的神勇的容顏，一面錄取了羅平的珍貴的言辭，好用特大的字粒在報紙上發表出來，使沙瑙全境的人民知道，羅平是怎樣的以熱烈而又沉着的情緒，爲長夏城的勝利的戰局之奠定而發言，——

羅平，他現在不能不對於眼前的情景作起更準確的權衡：爲了戰爭，國王要砍他的頭顱；但是爲了戰爭，他卻獲得了廣大衆多的人民的愛戴，而享受了從來未有的光榮！

他不必惶惑，也不必猶豫；他的勇敢的兵隊以及和他的兵隊一致行動的廣大衆多的人民，已經用了偉大的意志力，對他指示了光明燦爛的途徑，——這就是粉碎了國王的意旨，重新做起沙瑙兵隊的將帥，掌定白梨河沿岸一帶的陣地，而向全民族的勁敵，和尼邦帝國的遠征軍抗拒爭衡！

紅花地之守禦

著作者　丘東平

主編者　夏征農

發行者　一般書店　上海

總經售　天一圖書公司　香港租庇利街四號

實價

民國二十九年七月S版